5月の幻影

小倉 輝友

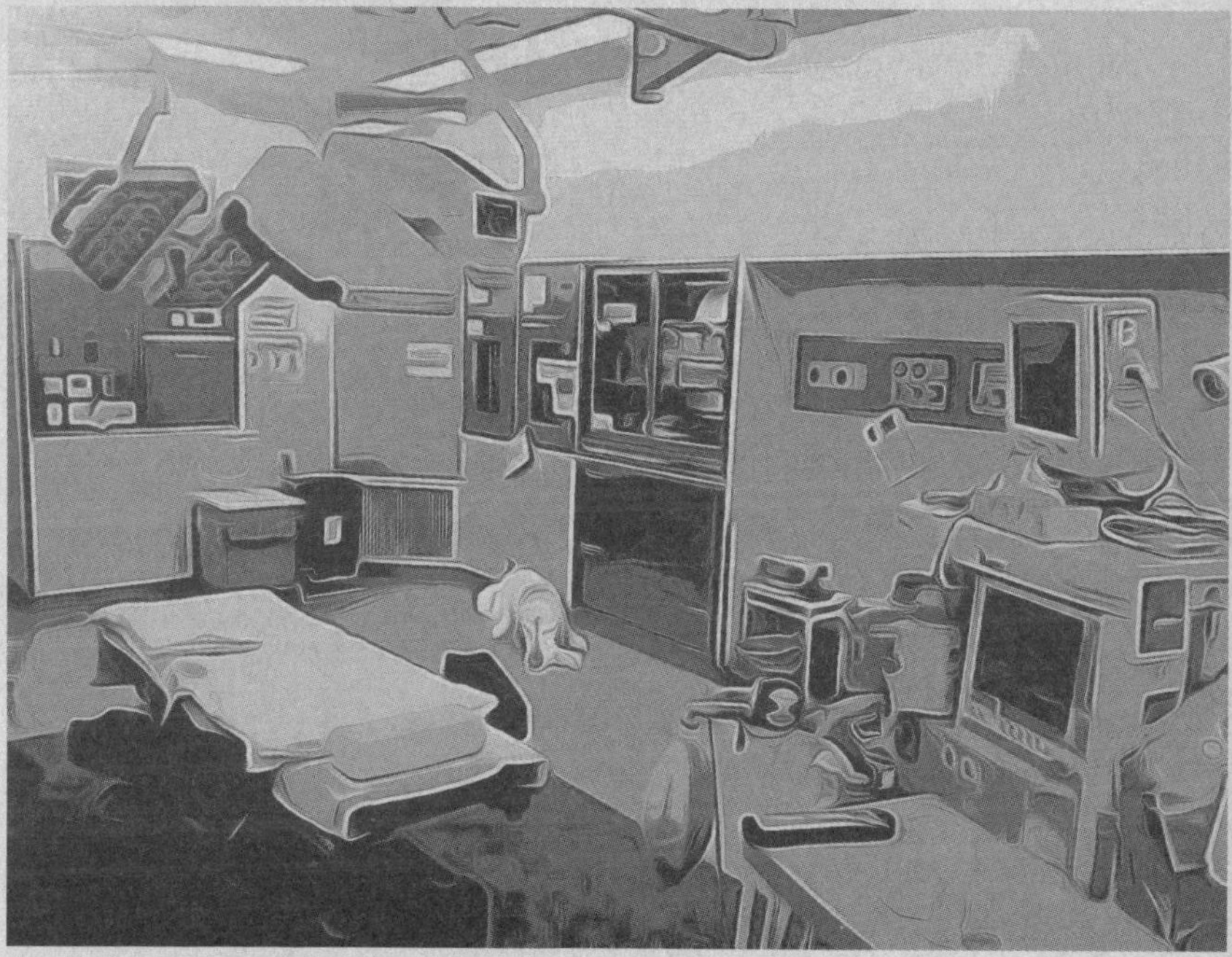

5月の幻影

小倉 輝友

目次

プロローグ……6
1……8
2……15
3……33
4……52
5……83
6……96
7……133
あとがき……158

登場人物（登場順・ほか）

松本 孝雄　主人公。外科医師。家族と共にヒューストンに留学経験がある。
好恵　松本の妻。看護師。ボランティアなど幅広く活動している。
直樹　松本家長男。海運会社勤務。ニューヨークの海外赴任から帰国。
百合　松本家長女。コンピュータープログラマー。ナサの世話を担当。
秀樹　松本家次男。コーヒー専門店勤務。名古屋市の店舗で働く。
夕紀子　松本家次女。大学生。ロサンゼルスの大学に在籍。

国府台《こうのだい》　外科医師。松本とは学生時代からの知人で、松本の信頼が厚い同僚。
岩手　外科医師。松本の先輩医師。
宮城　放射線技師。松本とはスポーツを通じた友人。
山形　消化器センター外来クラーク。

高知　外科部長。
佐久　血液内科医師。
越谷　消化器センター外来看護師。
飯田　麻酔科部長。
石川　手術室師長。
富山　手術室看護師。
船橋　化学療法室看護師。
明石　病棟看護師。
長野　松本の恩師。松本医科大学外科教室の元教授。
桐生蓮　外科医師。長野から紹介された派遣医。
ナサ　松本家の愛犬ゴールデンレトリバー。ヒューストンに因んだ名前。

プロローグ

長野県安曇野市三郷小倉を流れる黒沢川は安曇野の水源の一つであり、源流近くに「黒沢の滝」がある。北アルプスに位置する黒沢山の麓にあるこの滝は、上段二十一m、下段六mからなる優雅な滝である。

滝は小倉の山奥に位置する。鬱蒼とした山道を進んだところにあり、めったに人が来ることはない。滝は北アルプスの山々に宿る精霊たちの住処の玄関口にあたる。滝のおよそ一㎞下流には「黒沢岩不動明王堂」があり、不動明王が憤怒の相のお姿で、この滝をお守りしている。

滝の周辺は清々しく晴れわたっており、上空を赤とんぼの群れが飛んでいる。清く澄んだ空気に包まれ、心地よい滝の音が辺りに響いていた。その中段の滝壺に一人の若者が立っていた。若者は上段から落ちた水しぶきで出来た虹を背にして、まるでその虹から生まれてきたような情景であった。若者は新鮮な空気を胸一杯に吸い込み、冷たい水で口を潤すと、生き返った心地になった。若者は滝壺から下段の滝に下りて、滝を正面視して深々と頭を下げた。そして、若者だけが見える、滝から天高く続く一本の光の筋を見上げ、目を大きく見開きつぶやいた。

「私に力をください」

若者は不動明王に一礼し、山を下りてきた。視界が開けると小高い室山があり、その頂上に立つと眼下には松本盆地を見降ろすことができる。真正面に見える東側の山は美ヶ原高原で、その麓には松本の街がある。若者は目を凝らして、松本の街を食い入るように見ていた。

1

「これから直腸癌に対して、腹腔鏡下低位前方切除術を施行いたします。麻酔科の先生、看護師さん、よろしいでしょうか？」

「はい」

「はい」

「では、皆さんよろしくお願いいたします」

「よろしくお願いいたします」

「メス」

松本孝雄の声で、手術が始まった。


臍部に皮膚切開を置き、腹腔鏡を挿入するために用いるポートを留置した。ポートから腹腔鏡を挿入し、腹腔内にポートが問題なく入っていることを確認して、腹腔内への送気が行われた。今日の患者は肥満体型なので、内臓脂肪も多く、視野の展開に少々難渋した。

腹腔鏡下手術には支障がないと判断し、操作用ポートを左右上下腹部に計四本のポートを挿入し、手術開始の準備が完了した。

まず、腹腔内の観察である。S状結腸から直腸が良く見えるように、下腹部に存在している小腸を頭側によけて、下腹部の視野を展開した。

病変は直腸Raと肛門近くにある進行癌である。肛門から十㎝ほどに存在しているが、術中は病変部を手で触ることが出来ない。そのため、執刀医が病変の存在部を確認できるよう、術前病変部近傍に墨汁で点墨している。松本はモニター越しにまずその点墨を探した。術前の診断通り、腹膜翻転部（腹腔内で最も尾側、腹の底）近傍に点墨を認めた。本日の症例は、男性のため骨盤内は狭く、しかも肥満のため内臓脂肪が多く、おまけに腫瘍も大きいため、ワーキングスペースの確保に難渋しそうである。

「先生、今日は大変そうですね」

第一助手の国府台《こうのだい》が言った。

「そうだね。今日は五時間コースだなあ。一つ一つ丁寧にやっていくしかないね」

「はい。頑張って視野を出しますので、先生も頑張ってください」

松本が勤務している病院は、急性期医療を担う中核病院で、外科医が八人在籍している。学年、技量はもちろん、専門分野など色々な医師がいるが、皆それぞれの技量は承知し合っている。手術の手順はおおよそ決まっているので、誰と組んでも支障はないが、大腸癌など癌の手術では、何となくペアが決まっているので、慣れてくるとスムーズに進むことが多い。しかし、病気の進行度や患者因子、例えば基礎疾患の有無や年齢、体型など様々な要因により、同じ疾患・術式であっても、手術の難易度は異なってくる。松本は今朝からの気がかりな事も頭に残っていたが、国府台の檄で我に返り、再び気を引き締めた。

直腸は仙骨前面に固定されているため、S状結腸から直腸を受動しなければならない。国府台にS状結腸から直腸を上方へ牽引してもらいつつ、直腸右側漿膜を電気メスで切開し、受動を開始した。

腹腔鏡で手術を行うと、細い血管や結合組織の細かい繊維まで良く見えるため、出血は少なく、大事な骨盤内蔵神経を温存することが出来るようになった。このため手術侵襲が少なくなり、術後早期の退院が多く、膀胱直腸障害など骨盤内蔵神経損傷に伴う合併症の軽減には大いに役立ってきた。

一方、開腹手術では細かな組織まで確認できずに手術を行うため、出血量は多くなり、骨盤内蔵神経の温存が出来ないこともあるが、小さな腫瘍の場合、手で触って場所を確認しつつ切離線を決めることが可能であること、手術時間は腹腔鏡下よりも短くなるなど利点もある。

松本が医師になった頃は、腹腔鏡下手術など無かったので、開腹手術でトレーニングを受け、実際多くの開腹手術を行ってきた。しかし、時代のニーズに従い、五十歳を過ぎて腹腔鏡下手術のトレーニングを始め、今では一通りの手術は行うことが出来るまでになっている。

最終的には同じことを行うのであるが、手で操作するのと鉗子を使って行うのでは、雲泥の差である。距離感の把握、ミラーイメージの錯覚、単純作業なのに出来ないもどかしさ、様々な点を克服しなければ腹腔鏡下手術はできない。しかし、開腹で培った解剖学的構造の把握やトラブルシューティングのノウハウは腹腔鏡下技術の習得には役立っており、松本は試行錯誤の上ちょっとした工夫を取り入れ、少しずつ自分のスタイルを築きつつあった。

直腸の受動時に、後腹膜の脂肪と直腸間膜の脂肪との間にある結合組織を電気メスで切開して剥離していくと、ほとんど出血しない。この層で剥離していけば、後腹膜腔に存在する骨盤内動静脈や骨盤内蔵神経、尿管、精巣動静脈が容易に確認・温存することが出来る。

いずれも損傷したくはない臓器のため、直腸受動時に注意を要する事項である。尿管は蠕動しながら存在をアピールしているかの如く、我々の前に現れてくれたため、骨盤内蔵神経、尿管、精巣動静脈すべてを確認温存することができた。

次に、直腸など左側結腸に血液を供給している動脈の処理をして、周囲のリンパ節郭清を行わなければならない。リンパ節郭清の範囲によって、手術の根治度が変わってくることもあるため、血管を切除するか温存するか、病気の進行状況を考慮しつつ、術前に方針が検討されて決められている。この症例は、直腸進行癌のため、下腸間膜動脈根部のリンパ節郭清を行うことが術前検討会で決められていた。

この方針に従い、腹部大動脈から分岐する下腸間膜動脈を露出し、クリップを二重にかけて切離した。

結腸を固定していた下腸間膜動脈を切離すると、結腸の可動性が増して結腸を索引するのが容易になった。いよいよ骨盤底操作に移って、癌部近傍の処理を行わなければならない。癌を取ることはもちろんだが、癌細胞がない安全な場所で直腸を切離しなければならない。大腸癌取り扱い規約に従い、直腸Ｒａに存在する癌に対しては、肛門側三㎝離して切離することが推奨されているが、この三㎝を確保することが難しいことが多い。特に骨盤の狭い男性で、癌が大きく、内臓脂肪が多い状況では、握り拳も満足に入らないスペースで、直腸を切離して吻合しなければならないのである。

ここからはいわば手術の佳境に入る。国府台が今まで以上に直腸の索引に力を入れてきた。松本以下スタッフ一同は一段と緊張し、ピリピリした雰囲気に包まれてきた。

直腸腹側の点墨が癌だとして、その肛門側三㎝に切離線をおくとすると、吻合の安全性を考慮すると、癌より肛門側六㎝は剥離して受動しておかなければならない。腹腔鏡には血液、脂肪などが飛び散り視野が悪くなり、その都度カメラを出して洗浄しなければならない。点墨部から肛門側に一㎝進むのに時間がかかり、思うように進まず松本はイライラしてきたが、自分で何とかするしかない。オペ帽子、オペ着の内側に汗が流れるのを自覚しつつ、集中し、丁寧に、根気よく続け、ようやく六㎝が確保できた。ここでホチキスのように閉じる機能を兼ね備えた切離器で、癌部から三㎝肛門側で直腸を切離した。

臍部のポート孔を五㎝ほど切開し、切離した直腸を腹腔外へ取り出し、続いて口側結腸を切離することとした。大腸癌取り扱い規約に従い、口側の切離線は癌から十㎝の部位として、結腸を切除した。

癌が取り切れているか、断端との距離はどうか確認するために、摘出標本を切開した。癌は術前の検査通り、中央に潰瘍を伴う六㎝大の腫瘍で、直腸の約二／三周を占拠していた。切除断端の距離は十分と判断して、直腸の吻合を行うこととした。

肛門から自動吻合器を挿入し、口側S状結腸断端と直腸断端を吻合した。最後に出血や縫合不全の有無を監視するためのドレーンを左側腹部から吻合部近傍に留置して、手術を終了した。

手術時間は、五時間十七分、出血量はおよそ三十㎖。特に大きなトラブルなく終了した。

2

松本は患者家族への説明、術後の観察を終え、医局に戻っていた。今日は普段になく疲れを感じ、次男の秀樹からもらったクッキーとインスタントコーヒーを飲みながら、深い椅子に沈み込んで最近の様子を振り返っていた。

一か月ほど前からどことなく疲れが取れず、三～四時間の手術でも今までよりも疲労感が強くなったと思っていた。微熱があるのか、発汗も多い気がする。老眼による視力低下、焦点調節の衰えからくる疲れ、腹腔鏡下手術では姿勢の悪い状態で数時間立っているし、右足で電気メスのペダルを踏み続けることが疲れの原因か、と思っていた。今日は午前中外来、午後から五時間ほどの手術、今までの松本にとっては通常の一日であったが、これから電車で帰宅する気力が残っていない。

今朝トイレで座っていた時、右鼠径部に違和感を覚えた。右手で鼠径部を触ってみると、大豆大のしこりを数個触知した。あわてて左鼠径部も触ってみると、同じように小豆大ほどのしこりを一個触知した。

「まさか……」

松本は朝から気になっていた。体にはそこら中にリンパ節が存在し、体表に近い頸部、腋窩、鼠径部にリンパ節が腫脹していると触知することがある。リンパ節は免疫機能を司っているので、何らかの炎症反応が起こっていれば、近傍のリンパ節は腫脹する。この場合、炎症が消退すれば、腫脹も改善してしまう。その他何といっても注意しなければならない疾患は悪性リンパ腫である。抗癌剤治療で治癒する症例もあるが、決して楽観できる疾患ではなく、これならば厄介である。

「明日は朝から胃癌の手術だ。終わり次第CTを撮って検索してもらうか……」

不安をぬぐい去ることは出来ないが、何とか解決しなければならない。翌日の手術患者の画像をもう一度見直して手術をシミュレーションした後、重い腰を上げて病院を出た。普段は電車で帰宅するのだが、今日はタクシーで帰ることとし、通りでタクシーを待った。夜は肌寒い季節となり、気持ちのみならず体もすっかり冷えてしまったが、ようやく帰宅の途についた。

2

翌朝、昨日のオペ患者など受け持ち患者を一通り回診した後、レントゲン室に出向いてＣＴ担当の宮城を訪ねた。宮城は病院野球部の監督で、松本も時々練習に参加していたので、気の知れた仲である。

「宮ちゃん、おはよう」

「松本先生、おはようございます。朝早くからどうしました？　病棟でＣＴを撮る患者さんでもいますか？」

「そうなんだ。ちょっとＣＴ撮ってもらいたいんだよ」

「いいですよ。直ぐ下ろしてください」

宮ちゃんはいつも快くすぐに対応してくれる。

「それが、私のCTを撮ってもらいたいんだよ」

「えっ？　どうしたんですか？」

宮ちゃんの顔が急に曇った。

「鼠径部のリンパ節が腫れていて、ちょっと気になるので……」

「そうですか。今すぐ撮りますか？」

「午前中はオペがあるので、それが終わってからでもいい？　三時間位のオペだから、十四時頃かな？　朝食を軽く食べたけれど、造影CTもお願いしたいので、午後の撮影なら丁度いいでしょ？」

「わかりました。オペが終わったら、また来てください」

「ありがとう」

いつも明るい宮ちゃんだが、気を遣ってくれたのであろう、心配そうな対応であった。

朝の外科カンファレンスを終えて、手術室に向かった。医師として、たくさんの患者の治療の手伝いをしてきたが、自分のこととなるとやはり落ち着かない。更衣室にある鏡を見ながら、つぶやいた。

「疲れは感じるが、食欲はあるし、排ガス・排便、便通は良いし、体重減少もない。まぁ、健康体だよな……」

鏡の自分に言い聞かせるように、オペ着に着替えて出陣した。

今日の手術は進行胃癌で、腹膜播種（腹腔内に癌がばら撒かれて転移すること）が疑われる症例であったため、久しぶりの開腹手術であった。腹腔鏡よりはやり慣れた手術ではあったが、腹膜播種が疑われる症例は、胃癌本体を摘出できたとしても、目に見えない癌細胞が腹腔内にばら撒かれている可能性がある。このため、最近では手術中腹腔内を洗浄して、その洗浄液内に癌細胞が存在しているか確認することがルーチン化されている。

今日の症例は、肉眼的には明らかな腹膜播種は無かったが、洗浄細胞診では陽性であった。つまり目には見えなくても、癌細胞が腹腔内にばら撒かれているとの結果であった。癌を取り切れないからといって、手術を疎かにすることはできない。腹腔内にばら撒かれた癌細胞でも、術後の抗癌剤治療によって治癒できる症例もあるからだ。胃癌治療ガイドラインに従った定型的な幽門側胃切除術を施行し、終了した。

更衣室で着替えていると、第一助手を務めてくれた岩手が、

「松本、えらく汗をかいているじゃないか。今日はお前のやり慣れた手術だし、特に汗をかくほど大変なところもなかっただろうに」

松本のスクラブは色が変わるほど汗でぬれていた。

「はい、最近よく汗をかくようになったんですよ。水分の取り過ぎですかね？」

「男の更年期かな？　俺も最近色々と体にガタがきているからな」

「そう言えば、岩手先生も汗かきでしたね。手術中、ときどき看護師に汗を拭いてもらっていますよね」

「そうそう、俺の場合は生理的現象だな」

岩手に思わぬ指摘をされたが、確かに最近発汗が多くなってきたように思える。本来はこれほどまでに汗をかかないが、熱があって解熱したための汗であろうか。松本は少々不安に思いながらCT室へ向かった。

「宮ちゃん、よろしく」

「先生、お待ちしていました。今日は午後の検査が少ないので、奥のCT枠を取っておき

ました」

「ありがとう。検査着に着替えてから行くね」

宮ちゃんの配慮なのであろう、検査部の人目が少ない部屋を確保してくれてあった。

検査室に入ると、宮ちゃんの奥さんが待っていてくれた。

「先生、お待ちしていました。夫から聞いてびっくりしましたよ。ご心配でしょうが、まずは検査して確認してみましょう」

「ご夫婦に迷惑をかけてすまないね。よろしくお願いしますね」

「はい、こちらにどうぞ」


造影剤の点滴は看護師の仕事なので、これも宮ちゃんの配慮であろう、夫婦で対応してくれた。ＣＴ台に横になり、点滴を入れてもらった。単純ＣＴは何度か経験あるが、造影剤を投与しての検査は初めてであった。患者さんには平気で検査を勧めるのに、いざ自分が検査するとなると緊張する。造影剤アレルギーによるショックを呈することがあるので、検査前血圧、心拍数を測定する。

「血圧は一五〇／九二ｍｍＨｇ、心拍数は七六／分です」

宮城さんが明るい声で言った。

「いつもより高めだね」

明らかに普段より血圧が上がっている。

「では先生、何かあったら言ってくださいね」

宮城さんは扉を閉めて出て行った。静かな部屋で大きく息を吐いて気持ちを落ち着かせた。


宮ちゃんが、検査台の上にあるカメラから映る映像を操作室で見ながら、外からインターホン越しに話しかけた。

「先生、準備はよろしいですか？」

松本は目を閉じてうなずいた。

「息を吸って、止めてください」

いつも検査の時に聞く、女性の声。自分に言われているかと思えば、何となく冷たく感じるな……。と思っていたらＣＴ台が動き出し、やがて止まると、

「楽にしてください」

一気に息を吐いた。

この撮影では大雑把に撮り、撮影範囲を決めるだけなので、操作室の画面には詳細な所見は映らない。松本は次の単純撮影までの数十秒がとても長く感じられたが、カメラで見られていることは承知しているので、静かに目を閉じたまま微動だにせずその時を待った。

撮影範囲が決まったのであろう、宮ちゃんが声をかけてきた。

「では先生、撮りますよ」

「息を吸って、止めてください」

再び女性の声。CT台が動き出し、やがて止まると、

「楽にしてください」

息を吐いた。この七、八秒で頸部から大腿部までの単純撮影がなされたが、宮ちゃんくらいのベテランになると、画像が一気に流れてもおおよその所見を読み取ることができる。

松本は、もう宮ちゃんは自分の体の中の状況を認識したと思っていた。そして、その重大さに驚きを隠せないのではないか、そんなことを思いながら、目を閉じたまま宮ちゃんが部屋に入ってくるのを待った。

「先生、大丈夫ですか？　次は造影しますよ」

いつもとは違って、どことなく宮ちゃんの声のトーンが下がっているのに気付いた。

「よろしくね」

松本は平静を装いつつ答えた。

「先生に説明するのも何ですが、造影剤が入ると体が熱くなりますので、驚かないでくださいね」

「了解。ありがとう」

「では、造影剤を注入開始します」

と言ってボタンを押して、問題なく注入されているのを確認して部屋から出て行った。

なるほど、体が急に熱くなってきた。気持ちも動揺しているためか、心臓の鼓動は早く、何となくふわふわしてきた。四十秒後に動脈相の撮影になるはずなので、そろそろ撮影だろう。

「息を吸って、止めてください」

再び女性の声。ＣＴ台が動き出し、やがて止まった。

でであろう。

り詳細に診断しやすくなる。この七、八秒で、宮ちゃんは松本の体の中の状態を把握した

「楽にしてください」

動脈相の撮影では、コントラストがついて、いろいろな臓器との境界が明瞭になり、よ
り詳細に診断しやすくなる。この七、八秒で、宮ちゃんは松本の体の中の状態を把握した
であろう。

再び四十秒後に静脈相の撮影になる。

「息を吸って、止めてください」

再び女性の声。ＣＴ台が動き出し、やがて止まった。

「楽にしてください」

女性の声も気にならなくなってきたが、この七、八秒で、宮ちゃんは松本の体の中の状態を完全に把握し、診断し得たであろう。

「先生、気分はかわりないですか?」

宮ちゃんが部屋に入ってきた。

「大丈夫だよ。本当に体が熱くなるんだね……。ちょっとふわふわしたよ」

松本は普段通りの口調で答えたが、自分の全てを知っているかと思うと、どことなく体裁が悪い気がした。

「そうですよね。皆さんそうおっしゃいますよ。では最後に門脈相を撮影します」

と言って出て行った。

次はおよそ二分後の撮影なので、まだ数十秒ありそうだ。モニターにはどんな表情で映っているのかな？　不安そうかな？　蒼ざめているかな？　宮ちゃんはモニターを見ているであろうか？　視線を逸らしているであろうか？　落ち着かずにどうでも良いことを考えていたら、最後のアナウンスになった。

「息を吸って、止めてください」

再び女性の声。ＣＴ台が動き出し、やがて止まった。

「楽にしてください」


「お疲れ様でした」

宮ちゃん夫妻が入ってきた。宮城さんは血圧を測りながら、

「大丈夫でしたか？　放射線部の処置室で休んでいってください」

「造影剤が入っている時、ちょっと気分が悪くなったけれど、今は大丈夫。昼食を取っていないので、どこかで休みたいな。外科外来の僕の診察室にしようかな？　あそこならべ

ッドもあるしね」

「はい、承知しました。血圧は一四〇／八六ｍｍＨｇ、心拍数は七二／分です。まだ少し高めですが、車いすでお連れ致しますよ」

「いやいや、歩いていくよ。緊急で対応していただき、ありがとうございました」

「とんでもございません。お大事にどうぞ」


点滴棒を押しながら検査室を出ると、宮ちゃんが神妙な面持ちで待っていた。

「先生、画像をご覧になりますか？」

「奥さんにまで迷惑をかけてしまって、申し訳なかったね。色々とありがとうございました。外来の診察室で休んでいくから、そこで見させてもらいます」

「わかりました。先生、私に出来ることがあれば、いつでも結構です。何なりとお申し付けください」

「最近の状況を考慮すると、おおよその見当はついているよ。きっとこれからも世話になると思うが、よろしくお願いします」

松本が頭を下げた。

「先生、お大事にどうぞ」

宮城はさらに頭を深く下げて、松本を見送った。


午後の診察はないため、消化器センターの外科外来部門はひっそりとしていたが、クラークの山形が翌日の受診患者のファイルを整理していた。

「あら、先生、点滴棒をお供に、どうされたのですか?」

「ああ、ちょっと気になるところがあるので、CTを受けてきたところだよ。外来で休んで行っても良いですか?」

「私はもうすぐ上がりますが、先生の診察室をお使いください。奥の器材室は鍵をかけて帰ります」

「ありがとう。迷惑をかけてすまないね」

「いえ、とんでもありません。お大事にどうぞ」


松本は診察室に入ると部屋の明かりを消し、ベッドに横たわった。宮ちゃんの言動を思えばおおよそ診断は分かっていた。最近の疲労蓄積もあるのだろうが、造影剤投与で体が熱くなり、倦怠感が強かったため、直ぐにCTを見る気にはならなかった。ただ、進行状況、つまり病期がどのくらいなのかだけは気になっていたが、いつしか眠りに落ちた。

鞄を開けて玄関のカギを取り出す音を聞きつけ、居間から玄関まで走ってきたナサが盛んに吠える声が聞こえてきた。ナサは雄のゴールデンレトリバーで、我が家の大事な一員である。家族が帰宅すると、他の家族の誰よりも早く、必ず玄関まで走り寄ってくる。ドアを開けて入ると、ナサがクンクン喉を鳴らしながら甘え、尻尾を振りながら全身で喜び、帰宅したわたしを玄関で迎えてくれた。わたしは頭をくちゃくちゃにしながら撫でまわし、

「ただいま。よしよしよし」

といつものあいさつをした。居間に入っても撫でてもらいたくて、わたしにすり寄ってくる。その姿勢が、決まって背中を向けて喉を伸ばし、喉元を撫でさせるのである。

「よしよしよし。よしよしよし」

いつもの決まった帰宅の一コマであったが、とても懐かしい情景であった。

もう、1年ほど前のことか……。

二、三十分寝たところで目が覚めた。いくぶん元気になった気がする。点滴がもうすぐ終わりそうだったので、自分で抜いて血止めした。ドアの隙間から廊下の光が差し込む程度の薄暗い部屋で、パソコンをつけて自分のカルテを開いた。CTファイルを開けるとそこだけ明るくなり、MATSUMOTO　TAKAOと記載された造影結果を映した。松本は不安を払拭するように大きく息を吐いて、頸部から大腿部までの画像をスクロールした。

普段、自分の患者さんのCT画像を頸部からまず見るときは、消化器癌の肺転移、肝転移、リンパ節転移の有無を確認したいため、両側肺野、肝臓に主な視線を向けつつ、縦隔や腹部大動脈周囲のリンパ節をチラ見していた。しかし、今日は悪性リンパ腫を疑って自分のCT画像を見るので、普段とは逆に縦隔や腹部大動脈周囲のリンパ節を見つつ、両側肺野、肝臓をチラ見していた。頸部から縦隔には気になるリンパ節腫脹は見られなかったが、腹部大動脈周囲のリンパ節が数珠のように連なって骨盤底まで腫脹していた。両側鼠径部にもリンパ節腫脹が散在し、予想していた通り悪性リンパ腫が強く疑われる所見であった。

松本の目を引いたのは、回盲部近傍のリンパ節腫脹である。

小腸末端の回腸から上行結腸に至る部位の腸間膜のリンパ節腫脹が激しく、長径五㎝ほどあり、しかも一部は回腸を圧排しているようにも、小腸内に顔を出しているようにも見えた。一般に、悪性リンパ腫の腫瘍は癌に比べて柔らかいので、腸管を圧排しているように見えても、狭窄することは少なく、食物は通過することが多い。しかし、腫瘍自体はもろいため、食物が通過することによって出血することもあり、結果大量下血をきたすこともある。

「回盲部のリンパ節が厄介だな」

松本は残る画像も確認し、悪性リンパ腫を確信した。

悪性リンパ腫は横隔膜を超えて存在するか否かで病期が異なる。

つまり、横隔膜より上の胸腔などのみ、あるいは下の腹腔などのみに存在している状況ならば、病期はⅠ期かⅡ期であるが、横隔膜をまたいで両方に存在するとⅢ期かⅣ期となる。松本の場合、CTで確認できる範囲では横隔膜の下のみに存在していたため、病期はⅡ期であり、基本的には抗癌剤治療が選択されることとなりそうだ。

しかし、悪性リンパ腫と言っても、様々な組織型があり、その型によって治療法や予後が異なってくる。その診断にはリンパ節生検、つまりリンパ節を摘出して顕微鏡学的に診断してもらう必要がある。それを行わなければ治療方針が立たない。

明日以降、仕事の調整と生検などの診断確定に向けた検査など、今後の事をどうするか、皆に相談して決めなければならない。病棟の術後患者、外来の経過観察中の患者、末期癌患者、手術予定患者の調整が必要だ。

それよりもまずは家族に話さなければならない。

大きく息を吐いて、診察室を出た。

3

電車を降りて、いちょう並木を歩きながら家に向かった。

普段よりも足取りは重く、いつまでも歩いていたい気もした。まだ、いちょうの葉は薄緑色であるが、すでに銀杏をつけている木もあり、いくつかは地面に落ちて独特の臭いを放っている。

来年も黄色の葉を見られるであろうか？　再来年は見られるであろうか？

少なくともこのいちょうはまだ何年も生き続けられるであろう。

今の松本には、健康ないちょうの木々がうらやましく、輝いて見えた。

「ただいま」

帰宅すると、妻の好恵は夕飯の支度をしていた。

「おかえりなさい。今日は早いのね」

台所カウンター越しに好恵が返事をした。

「最近、色々と忙しかったので、今日は早く帰ってきた」

「もうすぐ夕飯が出来るわ、シャワーを浴びてきたら？」

「ああ、そうするよ」

　松本は二階のシャワー室へ行った。

　食卓には豚肉の生姜焼き、ホウレン草のお浸し、煮物などが並んでいた。二人でビールを飲むのは毎日の日課である。いつものように缶ビールをあけ、好物のつまみを食べながら至福の一時を楽しんだ。ここまでは……。


「ちょっと話があるんだ」

「あら、どうしたの？　そんなにかしこまって」

　好恵もビールを飲みながら、一日の疲れを癒してほろ酔い気分の様子であったが、ちょっと驚いた表情になった。

「昨日の朝、鼠径部にリンパ節の腫脹に気づいたので、今日CTを撮ったんだけど、ナサと同じ病気だったよ。生検していないので、まだ確定したわけではないけどね」

好恵が真顔になった。

「まさか……。悪性リンパ腫なの？」

「恐らくね。ステージⅡかな。ＣＴでは。いずれＰＥＴ－ＣＴをやるだろうけど、それで病期は決まるよ」

「……」

好恵の顔色はみるみる蒼ざめていき、松本以上に動揺しているのがわかった。しばらく二人とも無言になり、ただ時折松本がビールを飲むだけで、おかずはその後ほとんど減らなかった。

「子供たちにそのうち伝えなければならないが、ナサのように抗癌剤治療をやって俺も頑張るから、よろしく頼むよ」

「生検はいつやるの？　いつ正式に診断がつくの？」

「明日病院に行って、色々なところに報告しがてら、今後の予定を決めてくるよ」

「わかりました。くれぐれも体に気を付けてください」

好恵の目には涙が浮かんでいた。

「何でよりによってあなたまで……。ナサと同じ病気だなんて……」

松本の胸に、愛しかったナサの思い出が甦った。

ナサは怖がりで、ビビリ気質であった。

街中を散歩していて、脇から小さな猫が飛び出て来たとき、全身で驚き、パニックに陥りながら振り向くのが常だった。自分より小さなものにでもこの有様である。自転車が飛び出て来ようものなら、わたしに飛びついて来るのである。

また、車に乗って遠出するのもあまり好きではなかったかも知れない。

我々が車に荷物をつけて準備を始めると、急に落ち着かなくなる。置いて行かれるのか、連れて行ってもらえるのか、不安なのかも知れない。犬小屋を車に付けると、ハアハア過換気になりながら、もうわたしの傍を離れない。

「ナサ、ちゃんと連れて行くから大丈夫だよ」

ナサはわたしの言うことを聞き逃すまいとして、目を大きく見開いて、少し頭を右に傾けて一生懸命聞いている。

そして、いざ出発しようとすると、誰よりも先に車に駆け乗るのである。その必死さが伝わる後ろ姿は何とも可愛らしかった。

でも、その車はあまり好きではなかったと思う。ナサにとって親から離れて初めて乗せられた、いわば悲しい場所だったのかも知れない。ナサは乗るや否や過換気状態。どんなに横で頭や体を撫でながら慰めていても、一向に収まらない。

「これから野麦峠のキャンプ場まで五〜六時間かかるけど、大丈夫なのかな……」

長男の直樹は道中一生懸命ナサの世話をしていたが、過換気は治まらない。高速のサービスエリアに着いて外に出ると、おしっこ、うんち、と一通り事をすませるとひと段落。たくさん水を飲み、また車に乗ると過換気の始まり。もうかなり走ってきたのだから、慣れてくれれば良いものを……。

キャンプ場につくと、小さなドッグランがあった。旅の疲れもあったと思うが、ナサは生き生きと走り回っていた。普段自由に走り回ることがないので、家族皆、こんなに楽しそうなナサを見るのは初めてであった。

バーベキューの前、直樹と秀樹は二人でキャッチボールをしていた。長女の百合と次女の夕紀子は流行りの歌を歌いながら踊っている。皆それぞれに自然を満喫していた。

バーベキューが始まると、ナサは肉を焼いている隣でじっと座っている。目を大きく見開き、少し頭を右に傾けて、舌をペロペロしながら、網に乗っている肉と焼いているわたしの顔を交互に見て、もらえるのを待っている。わたしがあげると、許されたと思ったのであろう、子供たちの前に座って、そこでも舌をペロペロしながらおねだりしていた。

ナサの異変に気づいたのは好恵と百合であった。

「お母さん。ナサの足の付け根に、何かしこりみたいなものがあるんだけど、これ何かな？」

「えっ？　どれ？」

「硬いね。あれ、首の近くにもあるよ。あれ、両側の手足の付け根に硬いしこりがあるね」

二人でナサの体をくまなく触って、いくつも硬いしこりに気づいた。

「体中のリンパ節が腫れているのかな？　変な病気だったら嫌だね」

「明日、アニマルクリニックに連れて行って診てもらおう」


翌日、二人は不安に包まれながらアニマルクリニックへ連れて行き、診察してもらったところ、悪性リンパ腫かもしれない、と診断された。直ちに針生検を行ってくれた。

「細胞の結果は数日かかりますので、来週また来てください」

獣医に説明されて帰宅した。ナサもどことなく元気がない様子で、居間にいても床に伏している時間が長い気がする。頸部のリンパ節が気道を圧迫するのか、少し息苦しい様子で、頸部を伸ばした姿勢で横たわっている。

ネットで調べてみると、ゴールデンレトリバーは悪性リンパ腫の頻度が高いとあった。

不安になりながら長い一週間が過ぎた。

翌週受診すると、獣医から言われた。

「やはり悪性リンパ腫でした」

予想されていた事とは言え、好恵の目には涙が浮かび、ナサを見つめながら頭をやさしく撫でていた。好恵の様子をみながら獣医は続けた。

「組織型は悪性度が高く、しかも病期はⅣ期です。無治療ならば予後は一～二か月、抗癌剤治療を行えばもう少し頑張れると思いますが、もう治ることは厳しいでしょう……」

好恵はその言葉を聞き、その場に泣き崩れてしまった。

「ナサ、ナサ、ごめんね。病気に気付いてあげられなくて……。ナサ……」

ナサは何かを訴えていたかも知れないが、我々には十分理解することが出来なかった。今まで家族に一生懸命尽くしてくれたが、先に旅立ってしまいそうだ。まだ七歳なのに……。かわいそうで、無念で、これからまだたくさん楽しんで生活していこうと思っていた矢先の辛い宣告であった。わが子を失うかの如くの心境であった。

3

翌朝、外科部長の高知に今までの経緯と昨日のCT結果を伝えた。

「えっ？　悪性リンパ腫？」

「はい、恐らくそうだと思います」

高知はすぐさま松本のカルテを開き、CTを見た。

「確かに、悪性リンパ腫が疑われるね。直ぐにでも鼠径部のリンパ節生検を行って組織型を確認し、血液内科の佐久先生に相談して治療を開始しよう。松本の外来や手術はこちらで何とかするから、まずは治療に専念しなさい」

高知も事の重大性を察知し、迅速な対応を指示した。

「はい。ご迷惑をおかけいたしますが、よろしくお願いいたします」

「鼠径部のリンパ節生検は、今日国府台にやってもらったらどうかな？」

「わたしは今日、午前は外来、午後は大腸癌の手術が入っているので、抜けられないと思います。麻酔科とオペ室に相談して、明日以降で調整させていただきます」

「午後のオペはこちらで何とかするから、午後は君の生検手術に向けた術前検査と今後の引継ぎの準備をして、早く帰宅していいよ」

「わかりました」

「大事にしろよ。必ず復帰できると信じているから……」

「ありがとうございます。朝の外科カンファレンスで、外科の皆にも報告いたします。では、失礼いたします」

　高知の部屋を後にした。


カンファレンスの前に医局で国府台に会ったので、今までの経過を伝えた。

「本当ですか？　驚きました。生検、承知しました。引継ぎ等なんでも言ってください」

「いろいろとお世話になりますが、よろしくお願いします」

　物事が進みだした。もう立ち止まっている状況ではない。来年も再来年もいちょうの黄葉を見られるよう、出来ることを精一杯行う決心をした。

　まずは血液内科の佐久に会って事の次第を伝えたところ、午後の外来受診枠を予約してくれた。採血、レントゲン、心電図、呼吸機能など手術に必要な術前検査を行うこととなった。そして病期診断には重要なＰＥＴ－ＣＴの予約を、宮ちゃんの尽力で翌日早朝に出来ることになった。

麻酔科部長の飯田と、手術室師長の石川に相談し、明後日の午後に生検を行うこととなった。外来スタッフも皆一様に驚き、心配してくれたのだが、予定変更に振り回されて多忙を極めた者もおり、迷惑をかけてしまった。

一昨日、リンパ節の腫れに気付いてから四日後には生検の予定が入る、という驚異的なスピードで事が進むことだけは唯一良いことであったが、病院の至る所に松本の病気のことが知れ渡ってしまった。

リンパ節生検の日、手術は午後からのため、昼頃病院に到着した。外来扱いの日帰り手術のため、他の患者と一緒に外科外来の待合室で待っていた。自分の患者も何人か待っているので、帽子・マスクで顔を隠し、好恵の後ろに隠れながらの状況で、何とも体裁が悪い。自分の診察室で待っていようとしたら、岩手がわたしの代診をやってくれており、望みがかなわなかった。

「じたばたしないで、堂々としていたら？」

と好恵に言われたが、できるはずがない。外来看護師の越谷が、松本の姿を見つけて救いの手を差し伸べてくれた。

「先生、こんにちは。お待ちしていました。オペ室に行きましょうか」

「こんにちは。助かった。ここでは色々な目が多くて、息がつまりそうだ。よろしくね」

好恵が立ち上がって挨拶した。

「今日はお世話になりますが、よろしくお願いいたします。わがままで自分勝手な夫なので、普段からご迷惑をおかけしているのではないでしょうか。本当にすみません」

「いえいえ、大丈夫ですよ。今回はいろいろとご心配ですね。早く良くなってくれることを願っています」

越谷に導かれ、通り慣れた廊下をオペ室へ向かった。

オペ室入り口で、

「奥様はここまでです。隣の控室でお待ちください。手術が終わりましたら、私がまたご案内いたします」

越谷が妻に言った。

「はい、わかりました。よろしくお願いいたします。では、頑張ってね」

好恵は笑顔で軽く手を振り見送った。

「あぁ、ありがとう。じゃあね」


松本は越谷の後に続いてオペ室に入った。

オペ室に入ったところで松本が言った。

「いつも思うんだが、オペ室前で見送る家族と患者の会話だけど、家族は頑張ってね、患者はうんとかありがとうとか、もう本当に決まっているよな。今、俺達もそうだったが……」

越谷が振り返って聞いた。

「じゃあ、先生、何か他の言い方、あるんですか?」

「んー、それをいつも考えているんだが、なかなかみつからないんだよね」

「シンプルでいいんですよ」

越谷は再び前を向いて歩きだした。

「まぁ、そうかな……」

松本は少々納得がいかぬ様子で越谷に続いた。

「先生、そこが患者さん用の更衣室です。説明するまでもないと思いますので、着替えたらそのままオペ室にお入りください。私は先に行って申し送りをしています。では、先生、頑張ってくださいね」

「ありがとう。そうだ、今日俺は手術を受ける方なので、頑張るのは国府台だ……。そうだ、そうだ……」

「まぁ、そうかもしれませんけど、もう、先生も頑張ってください……」

越谷に呆れられながら、松本は越谷の後に続いて更衣室へ向かった。


清潔区域の入り口には、越谷のほかに、麻酔科の飯田、手術室師長の石川、手術室看護師の富山、そして国府台が待っていた。

「先生、お待ちしていました。調子はいかがですか?」

石川が声をかけた。

「皆さん、今日はお世話になりますが、よろしくお願いいたします。体調は良好です」

　松本は皆に頭を下げて挨拶をした。

　手術室のベッドに、初めて横になった。何とも不思議な光景である。仰向けで見上げると、無影灯二台が上から松本の全身を見下ろしている。富山が、血圧計、心電図モニター、酸素飽和度測定器を手際よく装着して、それぞれ測定を開始した。

「血圧一二五／八〇ｍｍＨｇ、心拍数六〇／分、酸素飽和度、ルームエアーで九九％です。バイタル（生きていることを示す身体的サイン。血圧、心拍数、呼吸数など）は異常ないので、鼠径部を消毒します」

　富山が皆に報告した。

　今日は普段の仕事場で、知った仲間に囲まれての手術のためか、血圧、心拍数ともにいつもの値であった。今日はあまり緊張していない。もう病気はおおよそ判明し、造影ＣＴで病期はⅡ期と思われていたので、少し気が落ち着いているのであろう。むしろ手術に携わるスタッフのほうが緊張しているのだろう、と松本は思いつつ、国府台が手洗いして人室してくるのを待った。

「松本先生、ご気分はいかがですか？」

国府台が手術用覆い布を松本にかけながら話しかけた。

「すこぶる快調だよ。先生こそ厄介な症例で迷惑をかけてしまい申し訳ないね。よろしくお願いします」

「先生、頑張ってください」

ここでも言われたが、そっくりそのまま先生に返すよ、と松本は思った。

鼠径部のリンパ節生検は局所麻酔下で行われ、一般的に静脈麻酔は用いないため、患者の意識は清明である。体表面に存在し、ちょっと取るだけなので簡単な手術と思われがちだが、局所麻酔を行うと皮下が浮腫んでリンパ節が分かりにくくなったり、意外と深かったり、これを小さな切開創で行っているので苦労することが多い。しかも、下肢に向かう大事な動静脈も存在するため、損傷すると出血してしまう。深い操作になると麻酔の効きが悪くなり、「痛い」と言われることもある。

意識がはっきりしている患者の手前、「あぁ、リンパ節が見つからない。あぁ、血が出ている。えっ、痛いの？」などと言いながら手術するわけにはいかない。したがって、術者には結構プレッシャーがかかる手術なのである。

「では、皆さん、準備はよろしいですか？　これから鼠径部リンパ節腫脹に対して、リンパ節摘出術を施行いたします。よろしくお願いいたします」

「よろしくお願いいたします」

「局麻」

「はい」

鼠径部に局所麻酔がなされ、手術が開始された。

松本の右鼠径部の皮下組織は一・五㎝ほどあるので、リンパ節が七、八㎜と言っても、意外と探すのに苦労すると思われる。数個腫れているので、一個、できれば二個採取できれば手術は完了である。無影灯の枠にあるステンレスの部位に、何となく術野が映って見えるのだが、あまりにも小さくて詳細は分からない。助手に筋鈎で切開創を展開させているので、一生懸命リンパ節を探しているところであろう。

「モスキートペアン（把持器）、糸、クーパー（はさみ）」

国府台が看護師に指示しているのを聞くと、今組織を剥離しているのであろう、と松本は予想している。

「ガーゼを入れておくよ」

術野の視野出しや、出血した時の血止め用に、ガーゼを入れることがある。ガーゼを忘れて術野において来ないように、皆に周知するために術者が言う。今、出血して苦労しているのかな？　松本は使われている器具や手順を聞きながら、手術の進行状況を予想している。国府台を信じて任せているのに、どうも職業柄手術の進行が気になってしまう。何とか無の境地に至るよう努力するも、なかなか思うようにならない。心電図モニター音もいくぶん早くなっているか？　些細なことにも気になりだしてしまった。

「まず、一つ目のリンパ節が取れたよ」

国府台が言った。

「はい、生食（生理食塩水）につけておきます」

富山がすぐに対応する。しばらくして、

「もう一つ取れたよ。これで二つ取れたので、止血して閉創しよう」

国府台が何事もなく順調に終わる旨を皆に伝え、松本は些細なことも気になる気が小さい自分を恥ずかしく思った。


「松本先生、無事終わりました。痛みはありませんか？」

「どうもありがとう。麻酔もよく効いていて、痛みはありません。リンパ節はどうでしたか？」

「白色で、柔らかく、充実性なので、やはり悪性リンパ腫の可能性が高いと思います」

と言って松本にも見せた。

「そうだね、ほぼ間違いなさそうだね。あとは組織型だ。ケモ（抗癌剤治療の俗称）になったらしばらく皆に迷惑をかけるが、よろしく頼みます」

「仕事のことは気にせず、どうぞお大事になさってください」

4

生検後結果が出るまで、松本は外来、手術と通常勤務をこなしていた。と言いつつも、新規手術患者はほかの医師に回して、少しずつ分担を減らせるように調整は行っていた。また、抗癌剤治療を行うとなれば、悪性リンパ腫の場合、脱毛が必発である。外来など日常生活を続けるにはウィッグが必要になるであろう。抗癌剤治療を専門に担当している化学療法室の船橋を訪ねてアドバイスを受けた。

「えっ？　先生が悪性リンパ腫なのですか？」
「先日、鼠径部のリンパ節生検をやってもらい、結果待ちの状況だよ。恐らく、悪性リンパ腫だろう。来週あたりからケモになると思うので、その時はよろしくお願いします」

松本の患者も何人も抗癌剤治療を行っているので、船橋には患者の副作用の有無などを聞いてもらい、治療中の話し相手になってもらっている。

「ウィッグのカタログをちょっと見せてもらえる？」

「あぁ、そうですね。仕事も続けられるのですか？」

「できる範囲でね」

船橋はカウンターからいくつか取り出して持ってきた。

「女性用はいろいろなウィッグがありますが、ここにある男性用は少し地味なものしかないんですよ。こんな感じですかね？」

「なるほど。結構印象が変わってしまうね」

松本はカタログを見ながら自分の場合を予想していた。

「もう少しカタログを取り寄せておきますよ。それよりも、先生は化学療法室での点滴治療はやめたほうが良いのでは？　だって、先生の患者さんと鉢合わせになったら、先生、気まずいのではないですか？」

「まぁ、そうなんだけと、特別扱い、っていうわけにもいかないから、病院の規則に従うけど……」

「では、先生の治療日は一番奥のベッドを確保しておきますよ」

「ありがとう」

実際、自分の勤務している病院で治療を受けるとなると、色々なことを考えなければならない。松本は勝手知ったる自分の病院で治療を受けることのメリットばかりを考えて計画を立てていた。周りの目が気にならないと言えば嘘になるが、病気や外見のことが同僚に知れても、良いとも思っていた。

しかし、周りの人が松本に気を遣い、迷惑をかけてしまうのではないかと危惧するようになってきた。いっそ、他院での治療のほうが良いのか？　と考えるようにもなってきた。

一週間が経過し、佐久の外来を受診した。

白衣を脱ぎ、一般の患者さんと同じように血液内科外来の待合室で待っていた。ここは松本の担当エリアとは疾患が違うため、知っている患者さんはいなかったが、病気そのものや抗癌剤治療の副作用からであろうか、顔色が悪く、衰弱した患者さんが何人も待っていた。

病理組織結果は予想しているものの、やはり緊張する。今更ながら、松本の外来で癌の宣告を受ける患者さんの心境が痛いほどわかる。この心境を経験したなら、この先患者さんの気持ちがわかる本当に良い医者になれる気がしたが、実際医療に復帰できるか、保証はない。目を閉じて宣告の時を待った。


「一二四番の患者さん、二番診察室にお入りください」

アナウンスされ、松本は腰を上げた。

ノックをして、松本は診察室に入った。

「失礼いたします」

「松本先生、お待たせいたしました。どうぞおかけください」

「今日はよろしくお願いいたします」

松本は椅子に座った。

「まずは先生、体調はいかがですか？」

「相変わらず倦怠感と発汗が続いています。食欲はあり、排便も順調であり、仕事も通常勤務していたので日常生活には支障ありません」

松本の発言内容を佐久はカルテに打ち込んでいた。

「鼠径部の傷はどうですか？　これは先生のほうがご専門なので、私が聞くまでもありませんが……」

「発赤・腫脹や滲出液はなく、全く問題ありません。国府台先生に明日にでも抜糸をお願いする予定です」

「そうですか。では、傷の管理はお願いいたします」

佐久は傷を見ることなく、パソコンを操作しながら、病理組織結果を出していた。

「松本先生、先日の組織結果ですが、やはり悪性リンパ腫でした。組織型はびまん性大細胞型B細胞リンパ腫で、わが国の非ホジキン型リンパ腫では最も頻度が高いリンパ腫です」

佐久はゆっくりと結果を伝えた。

「これで、確定ですね。予想通りでした」

松本は動揺することなく答えた。

「先生のご診断通りでした。先日のPET－CTでは、横隔膜以下の領域に留まるリンパ腫なので、病期はⅡ期です」

「PET－CTの結果もⅡ期でしたか……。造影CTと同じで安心しました」

松本は少し緊張がほぐれた。

「造影ＣＴでは不鮮明でしたが、ＰＥＴ－ＣＴでも腹部大動脈周囲のリンパ腫脹は造影されていたので、広範に存在していた腫脹はすべてリンパ腫と診断されました。少々懸念されるのは、回盲部の腫瘍が五㎝ほどあり、回腸の中に顔を出している可能性があります。抗癌剤治療を行っている過程で、今後この腫瘍から出血することが懸念されます」

「わたしも回盲部の腫瘍が気になっていました。では、まずは抗癌剤治療ですね」

「はい。病期がⅡ期なので、抗癌剤治療をベースに、放射線治療を追加するか否かになりますが、病変の中心が腸間膜リンパ節なので、放射線治療の適応はありません。したがって、抗癌剤治療のみになります」

「承知いたしました。外来治療でしょうか？　入院が必要でしょうか？」

「びまん性大細胞型Ｂ細胞リンパ腫の場合、まずＲ－ＣＨＯＰ療法※が第一選択の標準治療となり、三週間毎の点滴治療で、外来通院になります。六～八コース治療を行ったのち、画像評価して治療継続の必要性を検討いたします」

※Ｒ－ＣＨＯＰ療法：悪性リンパ腫のうち、非ホジキンリンパ腫の患者に対して行う最も代表的な抗癌剤治療。Ｒ－ＣＨＯＰ療法の名称は、使用する薬剤の最初の文字から取られている。

R：リツキシマブ、C：シクロホスファミド、H：ドキソルビシン、O：ビンクリスチン、
P：プレドニゾロン。

佐久はプロトコール表を提示しながら説明した。

「R－CHOP療法のみで根治の可能性もあるのですか？」

松本は最大の関心事を尋ねた。

「もちろん、根治する可能性もありますが、二次治療が必要な場合があります」

佐久は当たり外れのない回答をした。

「わかりました。では、いつから治療を開始されるのでしょうか？」

「もう、直ぐにでも……。先生は、当院で治療されますか？　色々と気を遣われると思いますので、他院で治療されますか？」

「わたしは、当院での治療を希望しております。ただ、わたしが治療するとなると、スタッフの方のほうが逆に気を遣われると思うので、少々迷っています」

松本は率直な気持ちを伝えた。

「医療従事者が病気になったときにしばしば問題になることで、これには正解がありませ

ん。一番は患者さん自身の判断になりますよね。周りの人のことを考えず、先生ご自身の立場でご決断されることだと思います」

「おっしゃる通りですね。もう既に、先生をはじめ色々な方にお世話になっていますので、このまま引き続き最後までお願いしたいと思います。よろしくお願いいたします」

松本は深々と頭を下げて気持ちを伝えた。

「承知いたしました。ところで、本来はご家族の方にも病状や治療法を説明するのですが、どのようにいたしましょうか？」

「今日はわたしだけで来院しましたが、抗癌剤治療の時は妻と一緒に参ります」

「承知いたしました。では、さっそく来週の月曜日に治療を開始しましょう」

「では、来週から、よろしくお願いいたします」

診察室を後にした松本は、さっそく、化学療法室へ出向き、船橋を探した。

「こんにちは」

「あら先生、こんにちは。今日は私服なのですね。そうか、佐久先生の外来受診の日でしたね」

「やはり、悪性リンパ腫でした。来週月曜日から治療を開始してもらうので、よろしくね」

「わかりました……。治療、頑張ってくださいね」

「それで、先日相談したウィッグの件だけど、カタログ来た？」

船橋はカウンターからカタログを取り出した。

「ちょうど来たところです。どうぞ、これです。先生のお気に召すか……」

「ありがとう」


松本はカタログをパラパラと見だした。

「へえ、色々とあるんだね、価格もピンキリだ。オーダーメードもあるんだね。八十万円？これにには驚きだよ」

松本は目を丸くしてカタログに見入っていた。

「ほんと、多種多様です。でも、来週から始まるのですよね。直ぐではないですか。治療後比較的早期に脱毛が始まりますから、そんなに選んでいる余裕はないですね。まずは差し当たって、既製品のウィッグを選んではいかがですか？」

「それにしても、医療用は高いね。これなら、市販のウィッグの方が安くて良いのでは？」

デザインと言い価格と言い、どちらも松本には不満に思えた。

「そうですね、患者さんの多くは、市販のウィッグを使っていますよ」

「どのくらいの期間使うかわからないしね。どうしようかな？　男は髪を剃っても良いかな？　と思っているんだよね？」

「えっ、白衣に坊主頭ですか？　ちょっと想像つきませんが、先生の患者さんはびっくりしますよ」

松本の思わぬ発言に船橋は驚いた。

「自分には見えないからわからないけど、見える人には逆に不安を与えてしまうか……」

「やはり、先生は平均的な姿・格好でないと……」

「平均的か……。考えてみるよ。ありがとう」

カタログを手に化学療法室を出たが、松本は改めて仕事と治療の両立の難しさを感じていた。それでも、佐久の言葉を思い出し、自分本位で考えるよう努めたが、好恵とも相談して決めることとした。

いちょう並木の葉はまだ薄緑色だが、最近は急に寒くなってきた。春から活躍してきた葉もそろそろ役目を終えて、まもなく黄色に変わってくるのではないか……。自分の体調と同じ状況なのかと松本は少し気持ちが落ち込んでしまった。


帰宅すると、好恵が不安そうな顔で待っていた。

「おかえりなさい。結果はどうでしたか？」

「やはり悪性リンパ腫だったよ。来週月曜日から抗癌剤治療を始めることになった。治療に必要な手続きがあるので、一緒に受診してもらえる？」

好恵も覚悟していたようで、

「そうでしたか……。ナサを思い出してしまうわね。また、同じ思いをしたくないわね……」

声のトーンが低かった。好恵は、心の支えになっていたナサのみならず、夫までを失ってしまうかもしれない不安に駆られた。

「俺の病期はⅡ期だったので、治癒する可能性がある。前向きに考えて治療を行うよ。くよくよしても仕方ない」

「そうだね。治療、頑張ってね。完全に治ることを祈っています」

「ありがとう。頑張るよ」

松本は二階へ上がってシャワーを浴びた。


夕食中、好恵に相談してみた。

「ところで、ウィッグのことなんだけども、どうしようか？　医療用のウィッグは結構高いんだよね」

「いくらくらいするの？」

「ピンキリだけど、オーダーメードは八十万円以上。規格品でも三十万円ほど」

「それは高いわね。デパートで買えばもっと安いのがたくさんあるんじゃない？　何が違うの？」

「わからない。俺は毛が抜けたら、剃れば良いと思っていたんだが、化学療法室の看護師には、白衣に坊主頭は似合わないと言われたよ」

好恵も笑って、

「あなたは見えないから坊主頭で良いかもしれませんけど、患者さんは異様に思うでしょうね……」

同意し、続けた。

「抗癌剤治療を受けながら仕事もするの？」

「治療だけでは気が滅入ってしまうだろ？　元気なうちは仕事と治療の両立を目指したいね」

「抗癌剤の副作用で調子が悪い時に、医療行為を行うの、ってどうなのかしら。あなた、いつも言っているじゃない。医療従事者は自分が健康で幸せでないと、良い医療が提供できない、って。少なくとも健康体ではないわ……」

好恵に痛いところを突かれた。いつも松本が言っていることだ。

「まぁ、健康体ではなくとも、精神はきっと健康でいられるから、大丈夫だ」

「そう言う過信が色々な医療事故につながるのよ。しばらくは休みをとって、治療の状況をみてから判断したら？」

「そうしたほうが良いかな？」

「患者さんのためには、その方が良いと思いますよ。でも、いずれにしてもウィッグは必要だと思いますよ。医療用は高すぎるけど……。治療前日にデパートに行ってウィッグを買ってきましょう。そして、帰りには美味しいものを食べてきましょう」
休養するかはまだ決められないが、食事は快諾した。

その夜、ナサの夢をみた。ナサが我が家に来た頃の夢であった。

九年前、犬を飼いたい、という夕紀子の希望で、好恵と二人で秘かにゴールデンレトリバーを飼うことに決めていた。ネットで検索していたところ、近くにゴールデンレトリバー専門のブリーダーがあることがわかり、さっそく購入に向けて準備を始めた。

父親犬ごえもん、母親犬ベティの、生後一か月の子犬六匹が紹介されており、そのうち五十三番の札の雄の子犬がひときわかわいらしく見えたため、五十三番の犬の購入を打診していた。

好恵と二人でブリーダーを訪れ、五十三番の犬を見せてもらった。はじめは怖がっていたようだが、好恵が抱きかかえたところ犬は安心したのか、頭を腕に乗せて、くつろいでいる様子であった。

「わぁ、かわいい。五十三番にしましょう」

全く異論はなかった。好恵に抱かれた五十三番と記念写真を撮ったが、耳は垂れ、ちょっとだけ舌を出し、その舌先には父ごえもんと同じ黒い痣があった。

飼育に関して注意点などを聞き、とにかく愛情を注いで、最後まで責任をもって育ててください、と言われた。

普段から使い慣れているにおいの付いたタオルをもらって、車で帰宅したが、見慣れぬ車におびえながら、親兄弟との別れが悲しかったのか、クンクン泣きながら帰ってきた。

家で待っていた子供たちは、大はしゃぎだった。

直樹は海外旅行中であったため、夕紀子が、

「お兄ちゃん、我が家に獣が来たぞー」

と喜びを隠せない様子で、メールしていた。動物を飼うのは初めてのこと。最初は恐る恐る頭を撫でているが、犬も子供たちの騒ぎに恐れているようだ。

「まだ、色々なことに慣れていないから、今日はそっとしてあげよう。少しずつ私たちに慣れてもらわなければならないからね」

と好恵は子供たちに言った。わたしは五十三番の札を外して大切に机の引き出しにしまい、予め用意してあったケージに犬を入れた。

「名前を付けないとなあ……。どうしようか？」

「私たちヒューストンに住んでいたから、ナサが良い！」

夕紀子の意見ですぐに決まった。


生後間もないため、まだ抵抗力が弱いとのこと。散歩は歩かせずに、近くを抱っこして歩いてあげるようブリーダーからアドバイスされていた。皆それぞれ抱っこしながら、家の周りを順番に散歩して、周囲の様子を見せて回った。

三か月も過ぎる頃には実際に歩かせて散歩をするようになり、少しずつ我が家にも慣れてきたようであった。

室内犬ではあるが、日中はケージの中で生活させており、ストレスが溜まっているのか、幸せでいるのか、わたしにはナサの気持ちはよくわからない状況であったが、寂しいことは事実であろうな、と何となく思っていた。

そんなある日、好恵が仕事から帰宅したとき、ケージの中でおしっことうんちにまみれて途方に暮れていたナサが、声も出さずに待っていた。

「あらナサ、どうしたの……。うんちしてどうしたら良いかわからなくて、困っちゃったの……?」

好恵はあまりにも変わりはてたナサを見て、思わず涙が出てきてしまった。まだ小さいナサをそのまま抱きかかえて、風呂場に連れて行き、一緒にシャワーを浴びた。

「トイレは定時にしか行っていなかったからね。我慢できなかったのね……。ごめんね……」

それ以来、少なくともトイレだけは自由にできる体制を整えた。

治療の朝、松本は高知を訪問した。

「おはようございます」

「おぉ、おはよう。今日からだな。仕事のことは心配せずに、しっかりと療養してください。ケモがひと段落して、その後の方針が立つまで、治療に専念すること。これが今の松本のミッションだよ」

「はい。ありがとうございます。ご迷惑をおかけしますが、よろしくお願いいたします」

抗癌剤治療のレジメンであるR－CHOP療法の副作用を聞いてみると、およそ正常に仕事ができる状況ではなさそうだった。高知、佐久にも説得され、好恵の言う通り、抗癌剤治療中は仕事を休み治療に専念することになっていた。

佐久の診察室前で、好恵と二人で待っていた。通常は採血結果を確認してから治療開始となるが、今日は先日の検査結果で問題がなかったため、治療方針や副作用などの説明を受け、承諾書にサインをすることになっていた。

受付番号を呼ばれて、診察室へ入った。

先日受けた説明と同じことが好恵にも伝えられた。ただ、今回は治療の副作用を細かく説明された。

自覚症状には食欲不振、下痢、嘔吐、発熱、発疹、脱毛。他覚症状には白血球減少、貧血、血小板減少、肝機能障害、腎機能障害、心筋障害など、まあ一般的に考えられるようなことを全て言われた。

毎回、自分でも患者さんに念仏のように決まりきったセリフとして言っていることではあるが、佐久はかなり強調し、詳しく説明していた。消化器癌の抗癌剤治療では、このような副作用を呈することなく経過することがほとんどである。消化器癌に比べたら、悪性リンパ腫に使用する薬が多いのだから、副作用の頻度も高くなるのであろう。

松本は何とかなるだろうと軽く考えていたが、少々不安になってきた。

とは言え、昨日はデパートで一応中年男性用というウィッグを購入してきた。今時、中年男性用でも黒髪は少なく、多くは少なからず他の色が入っていた。これまで髪を染めた経験がない松本にとっては少々面食らってしまったが、こげ茶系の色が少し入っているウィッグを購入してきた。

医療用のウィッグよりははるかに安く手に入れることが出来た。その甲斐あって、しばらく食べられないかもしれない鮨を食べて来た。

満足して帰宅した松本には、しばらく食欲は落ち、美味しいものでも食べたくなくなるとは想像もつかなかった。


佐久の説明も終わり、いよいよ化学療法室へ向かった。船橋は断言通り、一番奥のベッドを予約しておいてくれた。

治療終了まで七時間あるので、好恵はいったん帰宅することとなり、軽食と飲み物を手に松本一人残った。

化学療法室担当医が点滴のルートを一刺しで入れてくれた。抗癌剤が漏れると皮膚に発赤、潰瘍など障害が生じてしまうので、太い血管に留置するほうが無難である。

医療関係者に点滴を刺すのは緊張するものだが、松本の血管は太く入れやすい。治療回数が増していくと徐々に血管が細くなってきたり、手が浮腫んで留置しづらくなってくることがあり、医者泣かせの患者もいる。点滴が一回で入るかどうか、患者はびくびくしながら待ち、入れば今日は良いことがある、と占いにしている人もいるらしい。

七時間の間、松本も皆と同じように、それぞれに時を過ごしていた。専用のテレビもあるので、スイッチを入れてみたが、面白くもない番組ばかりで、すぐに消した。

リツキシマブという分子標的薬という薬の投与が始まった。大きく言えば抗癌剤の一種なのだが、抗癌剤の効果をより良くする、言わば補助促進剤である。これを投与する際は発熱、寒気、嘔気、頭痛、かゆみ、発疹などアレルギー反応を起こすことがあり、初回投与時は特に注意を要する。アレルギーを抑える薬を投与されたため、これらの症状は出ることなく抗癌剤投与が続けられた。

松本の特技というか、外科医の習性か、いつでもどこでも眠ることが出来る。点滴が始まり、しばらくすると眠りについたが、点滴が進むと、トイレが近くなる。何度かトイレに行き来しながら、好恵が用意してくれたおにぎりを食べて時間をつぶしていた。

点滴は計一四〇〇㎖、抗癌剤は五種類投与され、無事初回治療は終了した。


「先生、お疲れ様でした。ご気分はいかがですか？」

「今のところ、全く問題ないよ。寝られたことが最も良かったかな？」

「治療に来られる患者さん、寝ている方が多いですね」

「いびきかいていなかった？」

「大丈夫でしたよ」

気にしている松本に船橋は笑顔で答えていた。

「明日以降、少しずつ副作用が出てくるかも知れません。無理せずに、何かあったら病院を受診してください。お大事にどうぞ」

「ありがとう。このくらいなら大丈夫。また三週後よろしくね」

松本はしっかりとした足取りで帰宅した。

夕飯は、治療後で食欲が低下しているであろうと好恵が予想して、おでんを作ってくれた。

「治療中の時間潰しに苦労したけれど、俺はどこでも直ぐ寝られるので、寝ていたよ。余裕があれば本を読んだり、デスクワークもできるかもしれないが、今日は初めてだったので、様子見だったからね。次回からは充実した治療時間を過ごすよ」

「体に負担がなければ良かったけど、治療が進むと大変になるのではないの？」

「今日の状況ならば全く問題ないが、まぁ確かに今後の状況次第だね」

夕食も普通に取ることが出来、松本は結構軽く考えており、いつも通り就寝した。

わたしがランニングから帰宅すると、ナサが元気に玄関に迎えに来た。散歩に連れていけとせがむのである。ランニングから帰宅したら、散歩に連れて行ってくれることを知っているのだ。

「ナサ、散歩に行きたいのか……。じゃあ、行くか？」

ナサに話しかけると、聞き逃すまいとするのであろうか、両耳をちょっと持ち上げ、目を丸くして、少し顔を右に傾ける。ゴールデンレトリバーは耳が垂れているため、良く聞こえるように耳を持ち上げるのであろうか。お決まりのポーズをとると、

「よしよしよし。じゃあ行こう」

ナサはちゃんとわかっている。散歩のため首輪をつける間、尻尾をふりふり、喜んで待っている。玄関の前でお座りをして、準備完了のポーズをとると、扉をあけていざ出陣である。

ナサは一日家の中の限られた範囲でしか動けないので、この瞬間がたまらなくうれしい。すぐさま、自宅の道路わきで踏ん張って、排便をする。これも全て散歩の時は毎回同じで、むしろこの流れがない時は、体調の異変かと思う。

すっきりしてから、いよいよ散歩の開始である。尻尾を左右に振り、左側を歩くのがルーチン。赤信号では「待て」と言うと座って待つ。青信号になると、「さあ、行くぞ」

すべては懐かしく、楽しい思い出であった。

翌朝、嘔気のため目が覚めた。

「おはよう」

「おはよう。気分はどう？」

「気持ちが悪い。最悪だよ」

「大丈夫？」

「昨夜のおでんの匂いを嗅ぐと吐き気がする。昨夜の絶好調が嘘のようだ……」

強がりを言っていた松本は体裁悪く、居間のソファーに横たわった。

「副作用も出るくらいでなければ、悪性細胞をやっつけられないのでしょう。食事を食べますか？　それとも果物くらいにする？」

「食欲は無いけど、少し食べるよ」

「では、目玉焼きと果物を用意しますね」

松本は毎回この調子では先が思いやられる、と一日で気弱になってしまった。

治療後一週ほど経つと、ようやく食欲が出てきた。今までは匂いも何となく気になっていたが、食欲が出るとともに、気にならなくなってきた。一週間の食思不振で、一kgほど体重が減っていた。

「飛び出た腹には効果的だよ」

いくぶん元気になったおかげで、強がりも言えるようになってきた。

家でゴロゴロ寝てばかりであったが、散歩に行く元気が出てきた。久しぶりに駅まで歩くと、いちょうの葉は黄色く色付いていた。しかも落葉が見られるようになってきた。何となく嫌な気持ちになって帰宅した。

その予感は的中した。二週目が過ぎたころから、枕に付着する髪の毛が多くなってきた。

「ついにきたか……」

脱毛が始まったのである。

手櫛の感覚で髪をかき上げると、その手に髪が巻き付いて抜けるようになってきた。髪を触るごとに、毛が抜けてくる。もったいない、と髪も触らずにいても、自然に抜けてくる始末。しかも徐々に抜けるのではなく、まとまって、触ったところは根こそぎ、まだら状に禿げて髪が抜けてきた。

「いよいよ、ウィッグのお世話にならなければならなくなってきたな」

好恵は頭を見ながら、

「ここ数日で、急に頭の地肌が目立つようになってきたね。家の中では良いけど、外出時はつけた方が良いでしょうね。抜け方がバラバラだから……」

鏡を見ると、確かに地肌が見えるようになってきた。全部抜けるのも時間の問題だ。まだら状だからといって、自ら抜こうとは思わない。

「これも、一つの経験だ。脱毛の過程を観察しよう」

諦めながらつぶやいた。

初回治療後三週間が経過したため、二回目の抗癌剤治療目的に外来を受診した。診察前に採血を行い、その結果を確認してから治療開始となる。

佐久に呼ばれて診察室に入った。

「松本先生、具合はいかがですか？」

「治療後一週間は食思不振が続きましたが、その症状は改善し、今では摂取量は戻っています。ここ一週間で脱毛が進み、もう半分くらい抜けてきました」

「脱毛はどうしても見られるので、仕方ありません。通常の経過と思ってください。食欲が落ちていないことは、良いですね。体重もほとんど減っていません」

松本が日々記載した経過表を見ながら、佐久は一つ一つ確認していた。

「今日の採血検査でも異常ありません。今日も予定通り抗癌剤治療を行いましょう」

「はい、わかりました」

「では、化学療法室で治療を受けてください。また、三週間後が次の治療になりますので、予約をしておきます。途中、何か異常や困ることがあったら、来院してください」

「はい。承知しました。ありがとうございました」

「では、お大事にどうぞ」

松本は治療のため化学療法室へ向かった。途中、病院スタッフとすれ違って挨拶を交わすも、皆何となく視線が松本の頭に向いているような気がした。

「いつもと違う髪型だからな……。皆気になるよな……」

自宅では何とも思っていなかったが、やはり普段の自分を知っているスタッフとの再会で少々凹んでしまった。しかし、自分で選んだ方針なので、くよくよしても仕方ない。気持ちを切り替えて化学療法室へ向かった。


「おはようございます。今日もよろしくお願いします」

「松本先生、おはようございます。お待ちしていました。調子はいかがですか?」

「この通り元気なんだが、これだよ」

松本は指で頭を指しながら船橋に合図した。

「選んだウィッグはそれですか。お似合いじゃないですか。若返って見えますよ」

こう言った会話に慣れているのであろう、なんの違和感もなく船橋が答えた。

「まだ、慣れなくてね。色々に」

「ここは先生の職場ですからね。気苦労もあると思いますが、どうぞ気になさらずに。先生が思っているほど、周りは気にしていないものですよ」

船橋は松本の心を見透かしたように、思いを伝えた。さすが化学療法専従看護師、対応に慣れているんだな、と思いつつ、今日も船橋が用意してくれた一番奥のベッドに横になった。


七時間に及ぶ長い抗癌剤治療が終了した。

今日も二時間ほど寝てしまったが、今回は音楽を聴いたり、本を読んだり、初回よりは充実した時間を過ごすことが出来た。特に、元気になったら旅行しよう、と候補に挙げた土地の情報を仕入れたこと、これが楽しい一時であった。国外、国内、色々なところを物色した。特に世界遺産めぐりが最も興味ある内容であった。目標をもって治療を受けることと、これはとても重要な要素である。自分でも患者にいつも言っている。

「あまり病気のことをくよくよせず、色々なことを楽しんでいる人、何事も前向きにとらえている人、小さくても良い、目標をもっている人は免疫力が増してくるのでしょう、予後や経過が良くなることが多い気がします」と。

だから、自分も前向きにとらえよう、と。


しかし、翌日になるとやはり嘔気が出現し、昨日の心意気が沈滞してしまう。

副作用は日にちが解決してくれるが、症状が見られるときは戦いだ。今は抗癌剤がリンパ腫を叩きのめしているはずだから、その証が副作用となって表れるのだ。

「嘔気、バンザーイ、脱毛、バンザーイ」

矛盾を承知で自分を叱咤激励している。

そんな苦しみも一週間を過ぎると徐々に和らぎ、人間らしく戻ってくるような気がする。今回の治療では、何となく手足の指先のしびれも感じるようになったが、日常生活には支障がない。が、ついに頭の毛は全て抜けた。頭だけではない、手足の毛、陰毛も抜けた。

そして、呼応するようにいちょうの木もすべて落葉した。

5

三回目の抗癌剤治療目的に外来を受診した。

採血結果も良好で、予定通り治療を行うこととなった。

今回の朗報は、悪性リンパ腫の腫瘍マーカー可用性ＩＬ－２レセプターが低下してきたことだ。この値が低下しているということは、抗癌剤によりリンパ腫が小さくなってきている、つまり抗癌剤の効果が表れていることを意味する。数値ではあるが、具体的な指標で効果が出ていると判定されれば、松本にとっても喜ばしいことであり、副作用との戦いに向けて大きな励みにもなる。


化学療法室に高知が見舞いに来てくれた。

「調子はどう?」

「二回の治療ですっかり脱毛が進み、ウィッグ無しでは出歩けなくなりました。食欲低下、嘔気もあり、消化器癌の抗癌剤治療とは違って五種類を同時に投与しますので、結構辛いですね。まだ、三回目ですが、ＩＬ－２が低下してきているので、少しは気が楽になってきました」

「それは良かった。まだ治療は続くが、松本の持ち前のパワーで乗り切ってくれ」

「ありがとうございます。頑張ります」


高知は一息ついて、切り出した。

「ところで、松本、長野先生って知っているか？」

「大学の長野先生でしょうか？　はい、わたしの恩師ですが……」

「長野先生から紹介された、という桐生先生が、松本の療養中ここで働きたい、と挨拶に来たよ。まだ松本の治療が続くから、手術や外来のやりくりに苦慮していたところなので、助かるよ」

「長野先生の紹介……ですか？」

「松本の恩師と言うなら大丈夫だろう。若くて信頼できそうな好青年だったよ。一緒にやってもらうことにするよ」

高知はそれだけを伝えると、慌ただしく化学療法室を出て行った。

長野先生は、松本医科大学外科教室に在籍していた時の教授である。

当時研究生活を送っていた松本は、国内外の学会で研究成果を発表し、医局の研究室でも中心的な役割を担っていた。その繋がりで、学会で知り合ったアメリカの研究者と共同研究を行うこととなり、アメリカへ留学することになったのだが、その際全面的にバックアップをしてくれたのが長野先生だった。留学先にわざわざ訪問してくれたり、帰国後の面倒までいろいろと見てくれた恩師である。


「長野先生か……」

松本はもう一度その名を口にした。


治療の回数が三回目、四回目と増えるごとに、副作用の程度が強くなってきた。

今まで一週間で食欲が改善していたものが、二週間ほどかかるようになった。それに伴い、体重も二kg、三kgと低下してきた。

体幹部もそうだが、頬が痩せこけて、顔もげっそりとしてきた。食欲が改善しても、体力が改善しないまま次の治療サイクルになってしまう。最近の食事は、麺類や果物のようにあっさりとした食べ物が多くなってきたように思える。

「今日はあなたの大好物、お刺身とあさりの味噌汁があるのに、あまり食べないの？」

「少しは口にしたがね。口内炎がひどく、おまけに味覚異常もあるので、食べた気がしないよ」

好物も食べられなくなってくると、だんだんと楽しみが減ってきてしまう。何かリフレッシュできることを見つけようとする気力すらも落ちてきている。

「ナサも、抗癌剤治療を行っていた時は、こんなに辛かったのかな？」

「治療してきた日は居間でぐったりしていたじゃない。でも、あなたがあげる食べ物だけは食べていたわね」

「そうだったな。食欲は旺盛だったよな。ナサがうらやましいよ」

「でも、元気なころに比べたら、かなり痩せたし、毛の色が薄くなって、大分抜けたわよね。今のあなたと同じよ」

「病気も同じで、ほぼ同じ薬を使っているのだから、まぁ、同じか……」

「ナサは抗癌剤を投与するとリンパ腫は小さくなり、効果が切れる頃になると大きくなる、の繰り返しだったわね。ステージⅣでも、三次治療まで続けることが出来たおかげで、病気発見から十か月間頑張れたわ」

「そうだよな。ナサは三次治療まで頑張ったんだから、まだ一次治療も終了していない俺が凹んでいるようじゃ、ナサに申し訳ないな……」


今になって松本は、ナサの苦しみを身をもって理解できたような気がした。

当時は、ナサの体調や辛さをあまり深刻に考えていなかったかもしれない。申し訳なく思い、久しぶりに触れ合いたくなって、居間の奥にある引き出しを開けて、懐かしい五十三番の札を探した。しかし、ナサの血統書などは引き出しにあるのだが、五十三番の札が見つからない。


「ここに入れてあった、ナサの札、どうした?」

「わたしは知りませんよ。そこの引き出しはあなたの管轄だから、わたしは触りませんよ」

「どうしたかな……。もう九年くらい経つからな。血統書は残っているからあるはずなんだけれども……」

「どこか違う場所に保管したのではないの？」

「ん……」

松本はちょっと腑に落ちなかったが、考えられる場所を探しても無いことは事実であった。


札を見つけられず、松本は昔を振り返った。

なぜ、こんなにナサを思うようになったのだろうか。自分も悪性リンパ腫になったためであろうか。


子供の頃、祖母が三郷小倉で犬を飼っていたが、その犬に右五指を噛まれたことがある。今でも右五指に傷が残っており、あの時の光景を鮮明に覚えている。こんな経験から、俺は犬が怖くて、嫌いであったが、子供たちにせがまれ、ナサを飼うようになり、ナサを愛おしく思えるようになった。一緒に暮らし、決して裏切らない従順な姿を見ていると、可愛くて、まるで自分の子供のように思えるようになってきた。いつしか、ナサに助けられていると感じるようになってきた。ナサ無しでは生きていけない存在になっていた。

そんな大切なナサを、俺は十分に守ってあげられたであろうか。こんなに抗癌剤治療で苦しい時に、傍で見守ってあげたのであろうか。ナサは俺からの愛情を感じてくれていたのであろうか。昔犬嫌いであったことが伝わってしまったのではないであろうか。言葉がわからない、と俺はナサをないがしろにしてはいなかったであろうか。ナサに対する俺の態度は冷たいものであったかもしれない。

ナサの札が見つかない。ナサが自分から俺の元を離れていったのだ。

松本は急に自責の念に駆られてしまった。

五回目の治療になった。

待合室で待っていると、化学療法室で見かける人が何人か待っていた。治療中はあまり気付かなかったが、自分と同じように痩せて顔色が悪そうな人ばかりである。

皆も同じように辛い思いをしているのであろう。多くが外来通院で治療を行っているが、通院が辛くなってくれば、入院して治療を行わなければならない。誰しも入院はいやなので、ぎりぎりまで頑張って通院しているようだ。

松本の体調はあまり優れないが、ＩＬ－２は低下してきており、松本にとってはうれしい知らせであった。

「松本先生、いまは副作用が辛いと思いますが、まずは六コースまでこの治療法を続けましょう。今日の採血データでは、白血球、特に好中球が減少してきています。治療を中断する値ではないですが、感染症を起こしやすくなります。今回は抗生剤と解熱剤も合わせて処方します。急な高熱が出るようになったら、すぐ受診してください」

「はい、わかりました」

「あら、すみません。釈迦に説法でしたね」

佐久が慌てて付け加えた。


好中球が低下してくると、感染に対する免疫力が落ちてしまい、急な発熱を呈することがある。しばしば生命の危険にもなるため、好中球減少は注意しなければならない病態である。今は正常値でも、低下しだしたら一気に悪化することもあり、抗癌剤の減量投与や延期も考慮される。松本はまだ減量の適応ではないようだが、だんだんと抗癌剤蓄積作用で重篤な副作用が出やすい状況になってきた。


今日は越谷が化学療法室の手伝いで担当していたため、点滴の交換に来てくれた。

「松本先生、お久しぶりです。体調はいかがですか？」

「最近は副作用が強くなってきて、結構辛くなってきたよ。治療中の血管痛や手足のしびれが強くなってきて、洋服のボタンかけなどの細かい作業がしにくくなってきたよ。これでは手術が出来そうにないな……」

「そうですか。しびれが強くなってきているのですか。いろいろとご苦労がありますね。

次の治療が六回目で、終了後に一度評価の予定なのですね」

「あぁ、ＩＬ－２は下がってきているので、効果が出てきていることを願っているところだよ」

「先生の患者さん、外来で皆待っていますから、早く良くなってください」

「ありがとう」

越谷に励まされても、自分の状態を考えると、もう遠い世界のよう松本には感じられた。

五回目の治療が終了後、食欲低下と手足のしびれが取れず、日常生活にも支障をきたすようになってきた。

真冬の寒さがしびれには堪える。そういえば、ナサも治療が進むにつれ、しびれが強くなってきたのか、後ろ足で踏ん張ることが出来ずにフラフラしていたのを思い出した。

そんな状況でも、ナサはアニマルクリニックが好きだったのか、治療のため病院へ向かうときはいち早く車から降り、尻尾を振りながら歩いて行った。お目当てのスタッフがいるのか、治療が好きなのか、副作用の辛い状況でもクリニックだけは喜んで通った。

松本も最近では、靴を履いているだけでも足が圧迫されて歩きにくくなってきた。消化器癌の患者さんも、抗癌剤治療を行ってしびれを訴える人がいるが、治療を終了してもしびれだけは残存している人が多い。松本もしびれが残ってしまえば仕事にも支障をきたす恐れがあり、不安が強くなってきた。


夜中、好恵がわたしを起こした。

「ねえ、起きてよ」

「えっ？　何だよ、こんな夜中に」

「ナサが来てるのよ……」

「はぁ？　何を訳の分からぬことを言ってるの？　今、何時？」

「二時」

「勘弁してくれよ」

「昔、ナサは私たちのベッドの間の床に毎晩寝ていたでしょ。ここ何晩も夜中に、ここに来ているのよ」

「えっ？　お前、大丈夫か？」

「本当よ」

「好恵に霊感があると言うのは聞いたよ。夕紀子を身ごもったときにお告げがあったとかね。でも、ナサが来ている、とはどういうことなんだ？」

「ここの床を触ってみてよ。床が温かいのよ。ナサがあなたをじっと見ながら座っていたわ」

「えっ？　何だって？」

わたしは起きて床を触ってみた。確かに、ナサがよく寝ていた場所だけ温かく、その周りは冷たかった。

「確かに、ここは温かいが、俺の布団が落ちていたのではないか？」

「ナサが心配してあなたを見守ってくれているのよ」

「そんな事、あり得るのか？」

「仏壇に安置しているナサの遺骨が、あなたに何かを伝えたがっているのよ。きっと……」

ナサのように喜んで病院に行く気にはなれなかったが、調子が悪いまま六回目の治療に突入した。体重は治療前から十kg減少したが、採血データでは、白血球や好中球は保たれていたので、予定通り六回目の治療を行うことになった。

今回の治療でひと段落する。十分な治療効果が見られれば、治療は中止され、まだ腫瘍が残存していれば、二次治療へと進むことになる。

治療終了後、六週目にＰＥＴ－ＣＴ、造影ＣＴで評価することになっている。少なくとも、その期間は抗癌剤治療を休めるので、副作用、特に食思不振やしびれからの回復を願っていた。

そして夕紀子が春休みで帰国予定のため、気分転換を目的とした二～三泊の旅行を企画していた。

6

六回目の抗癌剤が終了して一か月が過ぎたころには、しびれは残存するものの、松本の味覚は戻り、好物の鮨やあさりの味噌汁はもちろん、肉などのこってりした物も食べられるまでに回復していた。

ナサと共に行った思い出の箱根温泉に、二泊三日の旅行へ行き、半年ぶりの外出に家族皆リフレッシュして帰宅した。

松本は数日後に控えた画像検査を前にして、仕事の復帰に向け、散歩などで弱った下肢のリハビリを行う毎日であった。

枝ばかりであったいちょうの木には、小さな若葉が見られるようになり、松本の新たなスタートを共に励ましてくれているようであった。

病期がⅣ期の消化器癌の患者であっても、抗癌剤治療で転移巣が消える症例を松本は何例か経験している。松本の病期はⅡ期で、体調は回復し、ＩＬ－２の値も正常化したので、一次治療で完全緩解が得られただろう、と信じていた。が、それは突然の出来事であった。

夕食を摂取して就寝していたところ、松本は突然便意をもよおしたため、トイレに入った。便座に座って用を足そうとしたところ、大量の下血をした。鮮血のため下部消化管からの出血であろう。経過から考えてみてもリンパ腫からの出血が疑われた。

これはまずいと思いトイレから出ようと立ち上がろうとするも、体が動かない。早く横になりたい、そう思って扉をあけて廊下に倒れ込んだ。異変に気付いた好恵が駆け付けた。

「あなた、大丈夫？　どうしたの？」

「大量に下血した。腫瘍からの出血かな？　出続けていたらまずいので、病院に連絡して連れて行ってくれる？」

「わかったわ。直ぐに連絡します」

普段、大量吐血、大量下血した患者さんが運ばれてきても、冷静に対応するよう心掛けていた。しかし、自分の事となると、事の重大性を承知しているため、冷静ではいられなかった。

「どうしよう。一刻も早く病院へ行くことだが、自分一人ではどうしようもない。不安が募るばかりで、情けない。これでも医者か」

松本は心を落ち着けようと必死だった。


好恵が連絡している間に、再び便意をもよおし、便座に座り、再び大量の下血をした。顔面蒼白で、呼吸が促迫し、意識が遠のいて来たようで、何とか廊下に横たわった。

「病院に連絡がついたわ。直ぐに行きましょう」

「何となく、意識がボーとしてきて歩けそうにない」

子供たちは外出中で、好恵は一人で対応できないと判断し言った。

「わたし一人では連れて行けないので、救急車を呼びますよ」

「頼む」

松本はかろうじて返事をした。

ほどなくして、松本は救急車に収容された。

「ＪＣＳ Ⅱ－１０※、血圧八四／五〇ｍｍＨｇ、心拍数一一二回／分、酸素二ℓ投与で酸素飽和度九九％、ショック状態のため下肢を挙上して搬送します」

救急隊が病院へ報告し、承諾を受けてから出発したが、松本の意識は徐々に低下していった。

※ＪＣＳ：ジャパン・コーマ・スケール。意識障害患者の意識レベルを評価する指標の一つ。
Ⅱ：刺激で覚醒するが、刺激をやめると眠り込む状態。Ⅱ－１０：普通の呼びかけで容易に開眼する。

ナサは数日前から、徐々に食事量が減り、わたしの出勤、帰宅時も玄関まで来る力がもうなかった。

わたしはもう残り少ない命と思い、秀樹を名古屋から呼び寄せ、夕紀子もアメリカから急遽帰国することとなった。今朝の様子では、もう何も食べないかもしれない、と思い大好物の刺身を買って帰宅した。

居間で伏したままわずかに顔をあげる程度であったが、それでもわたしの帰宅を出迎えたのか、刺身のにおいに反応したのか、両方だったかもしれない、体を起こしてわたしの元にやってきた。

「よしよしよし。刺身を買ってきたぞ。一緒に食べような」

頭をなでながら話しかけるも、吠えて答えることはなく、その場に再び伏した。それでも、食事の時にマグロ、サーモンをあげたら、一切れずつ食べたが、いくらあげてももうそれ以上は食べなかった。


二日後の夜、ナサの呼吸が努力性呼吸に変わってきた。翌朝まで小康状態を保っていたが、こうなれば一日と持たない。百合と秀樹は好恵と一緒に自宅でナサを見守っていた。夕紀子は帰国まで二日を要すが、間に合わないであろう。直樹はアメリカから帰国直後のため、滞在先のホテルまで、わたしは車で急ぎ迎えに出た。

直樹を拾い、高速道路を飛ばして帰宅した。自宅に入ると皆涙を流してナサを大声で励ましている。携帯電話越しにアメリカの夕紀子とも連絡を取り合っている。わたしと直樹が駆け寄りナサを見たところ、息を大きく一回吸った。

それが最後の呼吸であった。

皆、ナサの頭や体をさすって、声を出しながら泣いた。夕紀子の泣き声も、携帯越しに聞こえる。皆、大事な家族を失った寂しさに打ちひしがれ、しばらく泣き声だけが聞こえていた。泣きたいだけ泣き、撫でたいだけ体を撫で、思い思いにお別れをした。

翌日、夕紀子が帰国した。

変わりはてたナサの姿に号泣したが、亡骸だけでも再会できたことは不幸中の幸いであった。夕紀子は最期に立ち会えなかった悲しみはあると思うが、昨夜たくさん泣いたのであろう、少し吹っ切れた表情であった。

アニマルクリニックに死亡の報告と今までのお礼を伝えたところ、直ぐにお花が届けられた。クリニックでも愛されていた様子がうかがわれ、今なお、感謝の念に絶えない。

火葬の準備に取り掛かった。死亡時の事はおおよそ決めていたが、実際に業者の選定をしなければならない。ネットで検索して業者に連絡したところ、二日後に火葬することになった。家族皆で骨壺にプリントしてもらう遺影の選定を行った。

携帯に保存した写真は数多存在するので、皆で出し合って多数決で決まった。

二日後、最後のお別れに百合の手紙が朗読され、家族に見守られ、荼毘にふされた。

ナサは皆で丁寧に収骨され、骨壺に眠った。

病院に搬送されたところ、当直の内科医が対応に当たってくれた。

「松本先生、大丈夫ですか?」

「大丈夫です。大量に下血しちゃって、ボーとしています」

「お腹、痛いですか?」

内科医が触診しながら聞いた。

「腹痛はないです」

診察中も下血があり、出血が続いている可能性がある。悪性リンパ腫治療中に消化管出血を呈しており、抗癌剤の治療で腫瘍が崩壊して出血していることが疑われた。腹痛がなければ、腸管穿孔はないか……。直ちに採血、点滴が施行され、造影CT目的で放射線部に運ばれた。

造影CTでは、回腸末端の腸間膜リンパ腫は四㎝ほどで、抗癌剤治療でわずかに縮小していたが、その近くの腸管内に血液が溜まっていた。

症状から、腫瘍の動脈から出血したことが予想されたが、動脈造影で腫瘍部からの造影剤の漏れがないため、現在は止血されていると思われる。

腫瘍の肛門側である大腸には血液の貯留がみられるため、相当量出血したことが予想される。動脈性の出血ならば、血管造影を行いつつ、栄養血管である動脈をつぶして止血する治療法があるが、止血されていると出血部位がわからず、この治療法を選択できない。

活動性出血がなければ、このまま自然に止血されるのを待つか、止血されなければ手術で摘出しなければならない。その他は大きな異常はなかった。

採血結果ではヘモグロビン八・〇g／dℓ（正常：一三・二〜一七・二g／dℓ）と貧血が進んでおり、腸管内の血液貯留を考慮すると、まだこれから貧血が進むであろう。直ちに輸血を行う必要があり、血液の取り寄せを当直医は指示した。

当直医より好恵に説明があった。

「CTの所見から、腫瘍からの出血が疑われます。貧血も進み、輸血が必要です。現在、動脈性の出血ではないので、バイタルをみながら輸血をして経過観察を行いますが、出血が続くようならば緊急手術を行って、腫瘍の摘出が必要となるでしょう。外科の先生にも連絡をして、態勢を整えておきます」

当直医の説明を聞き、好恵は、

「わかりました。よろしくお願いします」

と言うのが精一杯であった。

松本は外科病棟に入院した。輸血と点滴のおかげで、大分意識もはっきりとしてきた。好恵から病状の説明を聞き、おおよその状況を理解していた。

「いろいろと世話になった。ありがとう」

「救急車に乗るまでは大変だったわ。こちらも気が動転してしまって。子供たちにも連絡したけど、こんな時間なので自宅で待っているよう言っておきましたよ」

「腫瘍からの出血なので、このまま治ることは難しいだろうな……。皆の態勢が整ったらオペになるだろう」

「えっ？　手術？」

「これで止血できたとしても、食事をして食べ物が腫瘍を刺激するとまた出血するよ。抗癌剤で腫瘍がもろくなってきているので、出血しやすくなっているんだよ。今日の当直医は内科医だから手術を決められないけど、あす高知先生ら外科医に相談したら、すぐにでも手術の方針になると思う」

「そうですか……」

「それにもう一つ。腫瘍が残存して、そこから出血したとなれば、R－CHOPの一次治療では完全緩解が得られなかった、と言うことだ。これで二次治療が必要なことが判明してしまったな。また、あの苦しみが始まるのか。ナサは三次治療までやったんだったな……」

「腫瘍から出血したということは、そう言うことなのね」

松本も好恵も、ナサの治療状況を思い出し、意気消沈した。

「それにしても、出血して血圧が下がると、本当に気を失うな。命拾いしたよ。ありがとう」

「どういたしまして。わたしも必死でした」

松本は輸血を受けながら眠った。


わたしはラボで実験をしていた。そこへ長野がやってきた。

「松本先生、久しぶり。元気にやっていますか?」

「わぁ、長野先生……。ご無沙汰しています。午後の到着と思っていました。言っていただければ玄関までお迎えに行きましたものを、わざわざラボまでお越しいただき、ありがとうございます」

「医局員が偶然にも同時期に三人ヒューストンに留学しているのだから、訪問するのが当たり前だよ。俺だって楽しみにしていたんだよ」

ヒューストンメディカルセンター内の隣の大学に留学している医局の同僚、長崎、高山も一緒だった。

「異国の地で、教授にお会いでき、うれしい限りです」

「高山が松本のラボを知っているというので、松本を驚かそうと思って、ラボまで上がってきたんだよ」

後輩の高山が舌を出してはにかんでいた。

「わたしのボスのところへご案内いたします」

わたしは長野ら三人を連れてラボを出た。

「ボスのスティーブンス教授からは、松本はよくやっていると報告を受けているよ」

「しかし、思うように結果が出ず、苦労しています」

「研究は、予想した通りに結果が出ないことが常であり、ネガティブデータが真実ならば、それはそれで良いのだよ」

「そうですね。結果はどうあれ、完結させたいと思っています」

「大切なのはその過程であって、努力すること、よく考えること、そしてその考えのもと工夫することだよ」

「はい」

「研究はある意味人生にも通じる。苦労したとき、困ったときにいかにして解決できるか。自己解決能力を高めるための修行の場でもある」

「はい。肝に銘じて精進いたします」

わたしは心に留めた。


長野は最後に言った。

「松本の求めるものは、まもなく得られるはずだ。もうすぐだよ、もうすぐ。私は日本で吉報を待っているよ」

長野は夢から消えて行った。

松本は目が覚めた。長野の夢をみたのは初めてではないであろうか。長野がアメリカでの学会を終えてヒューストンを訪問したときの懐かしい思い出であった。この時、長野と三家族で撮った記念写真を、長野の教授退官記念誌に載せていただいたことを覚えている。

そう言えば、俺の代行として来た桐生は長野の紹介だと聞いた。どこで知りあったのであろうか。いつ、俺が病気だと知ったのであろうか。腑に落ちないところもあったが、今まではあまり深く考えなかった。長野の夢を見て、急に不思議に思えてきた。

長野に、「日本で待っている」と言われた。アメリカにいれば納得する言葉であるが、帰国して長い期間が経つのだから少し気になる。

俺はもうすぐ死ぬのであろうか。長野からお迎えの時を知らされたのであろうか。

患者の死を沢山見てきたので、死に対する免疫はできていたと思うのだが、今まで自分の死を考えることはなかった。それが長野の夢で現実味を帯びてきた気がする。

松本は急に心が動揺し、死が怖くなってきた。

ふと、癌で看取った患者の顔が何人か思い出されてきた。笑っている人もいれば、泣いている人もいる。怒っている人もいる。感謝されているのであろうか。恨めしく思われているのであろうか。未練をもって亡くなった顔の方が圧倒的に多かった。

医者として一生懸命人を救うことを心掛けてきたが、患者に寄り添って考えず、自分本位で考えることが多かった、と戒めるため、このような顔をした患者が思い出されたのであろうか。

死ぬときは皆一人で不安と恐怖に悩まされている。病気を治すためだけでなく、精神的ケアも同じくらい大切なのだ。今更ながら思い知らされた。これからは今まで以上に患者に寄り添っていかなければならない。いや、もう一度健康を取り戻して、そうなりたい。

俺も死ぬのは怖い。死にたくない。誰か、助けてくれ……。

翌朝、高知が心配そうな顔をして松本の部屋に来た。

「おはよう。具合はどうだ?」

「おはようございます。輸血をしてもらったので、大分しっかりしてきました。ご迷惑をおかけしました」

「今回は輸血で小康状態を保っているけど、どうする？　オペするか？」

「ＣＴで腫瘍は少し小さくなっていると聞きました。もともと腫瘍が尿管や精巣動静脈を圧排していましたが、少しは改善していますか？」

「圧排の状況は同じくらいかな？」

「止血コントロール目的の手術が必要なのは覚悟しています。一部分取ったとしても根治はできないことも承知していますが、尿管を温存して局所を取り切れればうれしいのですが……」

松本は以前のＣＴ所見も念頭において伝えた。

「癌とは違って悪性リンパ腫は柔らかい腫瘍なので、剥離できると思うが、抗癌剤治療による炎症性癒着の程度によるかな……」

「そうですね」

松本も承知していた。

「これから、オペ室に行って緊急オペの申し込みをしてくるけど、オペでいいね？」

「はい、よろしくお願いします」

「桐生が術者を志願していたけど、国府台に頼むか？」

松本も桐生の志願には驚いたが、迷わずに言った。

「桐生先生にお願いしたいと思います」

「新任なのに信頼しているんだな」

「わたしも若い頃、主治医となり癌の手術をやらせていただきましたが、患者さんは不安だったかもしれません。新人でも一生懸命取り組んでいると、患者さんにも信用されるようになり、その経験の積み重ねで育てられます。桐生先生もそんな修行の時期なのだと思います。非定型的な緊急手術は学ぶべき事が多くあります。そんな学びの一助になれたら幸いです」

「後輩に厳しい松本も随分変わったな」

「昔から後輩には優しいですよ。でも、病気をすると、街路樹や公園の片隅の雑草も、前途有望な医師も、命ある存在全てがうらやましいものです。桐生先生には立派な医師になってもらいたいと思っています」

「桐生が聞けば喜ぶだろうな。わかった。桐生から奥さんにもオペの説明をしてもらって、承諾書をもらっておくよ」

「よろしくお願いします」

高知は部屋を後にした。

しばらくして、桐生が松本の病室を訪問した。

「おはようございます。初めまして。桐生蓮と申します」

桐生は深々と頭を下げた後、直立不動で扉の前に立っていた。

「おはようございます。先生が桐生先生ですか。オペを担当していただけるとのこと。よろしくお願いします」

「わたしのような新参者を信用していただき、ありがとうございます。わたしが出来る限りの最善を尽くす所存です」

「わたしのことを気にかけてもらい、感謝しています」

松本は桐生を一目見て、優しそうで、好感の持てる青年だと感じた。と同時に、桐生から出てくる〝気〟に包まれて、今までの不安が一掃され、心が休まり、何か催眠術にかけられているような不思議な気持ちであった。

「体調はいかがですか?」

「輸血をしてもらったので、大分楽になりました」

「それは良かったです」

マスク越しのため桐生の表情までは分からなかったが、目は大きくなり、微笑んでいるように思えた。

桐生は頭を少し右に傾けながら、

「間もなく麻酔科の飯田先生が見えると思います。その後で入室の準備が整いましたら、お迎えにあがります」

松本に伝えて、桐生は部屋を後にした。


緊急手術の方針となり、好恵が呼ばれて手術の説明を受けてきた。

病室へ来ると、昨日より顔色が良くなった夫の顔を見て、少し安心したようだ。

「やはり、手術なのね」

「あぁ、摘出してもらわないと、同じことがまた起こるよ。救急車には乗りたくないからね」

「まぁ、そうですね。わたしもいつ倒れるか、と心配するよりは良いですが、手術をしてもリンパ腫を取り切れるわけではないようなので、それはそれで心配ですね」

「悪性リンパ腫は抗癌剤治療が基本なので、手術をする方が稀なんだよ。術後にまた抗癌剤治療に専念するよ」

「専門家が言うのですから、私の出る幕ではありません」

手術に向けて準備が慌ただしく行われていく。術衣に着替えていると、飯田が麻酔の説明のために来た。

「松本先生、おはようございます。昨夜は大変でしたね」

「飯田先生、またお世話になることになってしまい、しかも緊急扱いでご迷惑をおかけして申し訳ございません。よろしくお願いいたします」

「こちらは大丈夫ですよ。恐らく、もう四、五十分ほどで入室できると思います」

「はい、承知いたしました。ありがとうございます」

「先生に麻酔の説明は不要だと思いますが、すみません承諾書だけはお願いします」

「わかりました」

飯田は承諾書だけを置いて部屋を出て行った。本来、麻酔科の術前回診は、麻酔法、麻酔の危険性など色々と説明した後に、承諾書を記載することになっているが、外科医の松本には挨拶代わりの形だけの訪室であった。お互いのやるべきことを知り尽くしているので、まさに阿吽の呼吸であった。

オペ室入室を待っていると、好恵が尋ねてきた。

「桐生先生に手術してもらうようですが、新しい先生なのですか？」

「俺の休職中、臨時で働いてくれることになったようだが、俺もいなかったから詳細は把握していないんだよ」

「爽やかで感じの良い先生だけど、国府台先生に頼まなかったの？」

「高知先生が言うには、桐生先生が執刀したいと申し出たそうだよ」

「あら、そうだったの」

「俺も若い頃があった。若くても手術をさせてもらって、色々と経験を積んできた。俺の体で経験が積めるなら、桐生先生にそのチャンスをあげたいと思ってね」

「確かに、そうですね。あなたも随分と患者さんには協力していただいたのでしょうから……」

「それと、桐生先生を見ていると、どこか親しみを感じるんだよ。何って聞かれてもわからないんだが、何となく……」

「あなたも？　わたしも、さっき手術の説明を聞いていて、何となくそう感じていたのよね。先生はマスクをしているから、目元しかわからなかったんだけど、わたしが質問すると、目を大きく見開いて、少し頭を右に傾けて……。一生懸命聞いてくれるんですよね」

「なんだ、好恵も同じように感じたのか」

「あのしぐさ、ふと、ナサを思い出してしまって……。こんな時に思い出すだなんて、不思議ですね。きっと、ナサがあなたのことを心配してくれているのですよ……」

松本は深夜の寝室での出来事を思い出し、好恵の言葉に合点がいった。


桐生は一人、医局の自分の机で心を静めると共に今までを振り返っていた。

長野に出会って、手術に関するノウハウを学んできた。人を助けることの意義、心構えも教えられた。今、その成果が試されると同時に、長年の思いを叶えられる時が間近に迫ってきた。家族、同僚、知人の手術を担当するのは特に緊張するが、自分を見失わず、冷静に判断し、最善を尽くさなければならない。特に今回、失敗は許されないし、是非とも成功させたい手術である。

「長野先生、私に力をください」

桐生は意を決して医局を出た。

ドアをノックする音が聞こえた。
桐生が頭を下げて入室してきた。

「松本先生、お待たせいたしました。オペ室へ入室の時間になりました。まだ、お子さんたちは到着されていませんか？」

「すみません。まもなく到着するはずですが……」

好恵が答えた。

「では、到着まで待ちましょうか？」

「いや、オペ室の都合があるので、入室するようお願いします」

松本が答えた。

「子供たちはこちらに向かっているので、手術が終わるころには皆揃うと思いますが、あなたそれでよろしいですか？」

「もちろん」

「では、松本先生、一緒に行きましょう」

「はい、よろしくお願いします」

桐生と病棟看護師の明石が松本を乗せたストレッチャーを押し、その後ろから好恵が歩いて向かった。

「ご家族の方は、ここまでです」

桐生が好恵に伝えた。

「はい、よろしくお願いいたします。あなた、頑張ってね」

「あぁ、ありがとう。行ってくるよ」

今回もいつも聞きなれた会話であったな、と思いながら入室していった。

オペ室では、飯田、石川、そして看護師の富山と秋田が出迎えてくれた。

「松本先生、おはようございます。お待ちしていました。今日は頑張ってください」

石川が声をかけた。

「今日はお世話になります。よろしくお願いいたします」

明石からの申し送りが済むと、六番手術室に入った。ここに横たわるのは二回目だ。患者と手術内容の確認、着衣を外し、心電図モニター、酸素飽和度測定器などが手際良く取り付けられていく。

まず右側臥位になって、術後除痛目的の硬膜外麻酔チューブが入れられた。これは術後数日間、脊椎の中にある硬膜外という空間に持続的に鎮痛剤を注入するためのもので、これにより患者は術後疼痛に苦しむことなく、快適に過ごすことが出来る。手術する場所によりチューブを挿入する部位を変えるのであるが、松本は腹部手術なので、胸椎内に挿入された。

仰向けになり、いよいよ全身麻酔の導入である。まず、純酸素を吸って酸素化を行い、気管内チューブ挿入操作による一時的無呼吸に備えて、体の酸素濃度を上昇させておくためである。

五分ほど吸ったのち、いよいよ麻酔導入である。薬で一気に眠らせて、筋肉の緊張も除去して気管内チューブを留置する。

「松本先生、では麻酔を始めますよ。大きく息を吸ったり吐いたりしていてください。だんだんと眠くなります」

飯田が松本に話しかけ、松本は静かにうなずいた。

数十秒経った頃であろうか、松本は完全に意識がなくなり、気管内に挿管された。

プ、プ、プ、プ、プ、規則正しい心電図モニター音で松本は目が覚めた。

松本は辺りを見回した。ベッドに仰向けになっているはずだが、なぜか自由に動くことができる。

「どういうことだ?俺はオペを受けていたはずだが……」

六番手術室の天井から、自分によく似た人物が手術を受けている様子を見ていた。

「何だあれは？　まさか……」

こんなことが起こるのであろうか。確かに手術台に乗っているのは、松本自身のようだった。

松本はもう一度しっかりと辺りを見回し、手術台で寝ている自分の顔、麻酔の飯田、術者の桐生、助手の国府台、手洗い看護師の富山などの様子を確認した。

「そう言えば、手術をしている時、時々天井から監視されているような目を感じたことがあったが……。まさか今の俺のように患者の魂が身体から抜け出て、自分の手術をみていたのか……」

松本は過去の自分の経験を思い出し、今の自分の状況と照らし合わせ、現在の状況を少しずつ認識してきた。

これは現在なのであろうか、あるいは、もうあの世で過去の画像を見ているのか、時間的な認識まではわからない。

松本は不思議に思いつつも冷静になり、自分の腹の中が見えるし、桐生の腕前もわかるだろうと、しばし手術の様子を見学していた。

回腸末端には、CT画像のとおり、悪性リンパ腫の腫瘍が数珠のように連なり、一番大きな腫瘍は回腸に食い込んでいるようであった。

腫瘍肛門側の上行結腸や横行結腸には血液のたまりが透けて見えるので、まだ数百グラムの血液塊が腸内に残っているのであろう。一応腫瘍からの出血は止まっているように思えたが、やはり手術が必要だったと思われる。

回腸の末端部は上行結腸につながっている。しかもリンパ節が後腹膜に癒着、あるいは浸潤している可能性があるため、上行結腸を受動しなければ回腸末端部近傍を切除することが出来ない。上行結腸は後腹膜に固定されているため、盲腸と上行結腸の外側からアプローチして、上行結腸の受動を行っていた。

今回、回腸末端部から上行結腸の一部を切除して腫瘍もろとも摘出する方針である。上行結腸の受動は容易に終わったが、やはり大きなリンパ腫が尿管と精巣動静脈に接していた。精巣動静脈は切除しても何とかなるが、尿管を切除したら、再建しなければならない。腫瘍はおよそ三㎝にわたり尿管と癒着していた。

桐生は尿管を合併切除するか、剥離して尿管を温存して腫瘍を切除するか躊躇していた。尿管を合併切除すれば大きなリンパ腫は摘出できるであろうが、尿管の再建が必要となる。尿管を温存してリンパ腫をきれいに摘出できれば良いが、残ってしまえば悪性腫瘍を残して、腹腔内にばら撒いてしまう可能性がある。桐生は重要な決断をせねばならず、緊張感が高まったためか、目を大きく見開き、幾分呼吸が荒くなってきた。


助手の国府台が話しかけた。

「桐生先生、どうしますか？　取り切れるか、微妙な状況ですね」

「はい。できれば取ってあげたいのですが、わたしに出来るか……」

「ここを取り切ったとしても、まだ他の部位にはリンパ腫が存在するため、根治術は望めません。しかし、局所に悪性腫瘍を残さないことも大事な目的です。切除を目指すならば、切除することです。そこで、尿管を合併切除しなければならなくなったら、切除するまでです」

「はい。理屈ではわかっているのですが、緊張して手が動きません」

「わたしもお手伝いします。メッツェン（はさみ）で丁寧に剥離してください」

「はい」


桐生はメッツェンをもらって、腫瘍と尿管の間の剥離を開始した。

丁寧に切除していくと、腫瘍の外側は外れたが、尿管のすぐ脇にある精巣静脈から少しずつ出血してきた。吸引管で血液を吸引しながら、腫瘍を押すようにしながら剥離を進めている。剥離が進むにつれて徐々に出血量が増してくる。メッツェンと吸引を持ち変えて、出血との戦いである。


最も固い部分に差し掛かった。出血量が増してくると、桐生は動揺し、目を大きく見開き、荒い呼吸で必死に剥離している。手が止まりかかっていたが、息を大きく吸い、全精神を集中したところ、桐生の周りから光のようなものが沸き上がり、やがて手術室全体に広がった。それはいつかどこかで聞いた、オーラというものではないかと思われた。

その直後から、手術室の雰囲気が一変し、術野の出血は抑えられ、神がかった、見違えるような手さばきで、腫瘍を周囲から剥離していった。

桐生は意を決したようで、最後の強固な癒着にメッツェンを入れて腫瘍を取り切っていった。松本はその一部始終を、目を皿のようにして状況を見守っていた。

「えっ?……」

オーラの中心にはさらに光る物を見た。

「信じられない……」

光る物の輪郭が少しずつはっきりと見えてきた。

「桐生先生、君は何と……」

松本は思いがけない桐生の姿をみて、言葉を失っていた。

松本は自分の今の状況も含め、桐生の幻影を見ているのか理解できず、ただ呆然と術野を見ていた。

松本は飯田の声で目を覚ました。

「松本先生、目を開けてください。手術が終わりましたよ。わかりますか?」

遥か彼方から自分が呼ばれていることに気付き、松本は目を開けてうなずいた。

現実なのか、夢の中なのか、はっきりと認識できなかったが、指示されることを言われた通りにやっていたように思える。心電図モニターの音がはっきりと聞こえるようになり、飯田の顔もはっきりと見えるようになった。

全身麻酔から覚醒した自覚が出てきたころ、気管内に挿管されていたチューブが抜去された。大きく息を吸い込み、この世に戻ってきた、生き返ったという実感が徐々に湧いてくる気がした。硬膜外麻酔を併用していただいたおかげで、創痛は全くない。

松本は無事手術が終わっていることも知っており、不思議な体験をもう一度頭で整理しつつ、病室へ移動するのを待っていた。

その頃、桐生は摘出標本を持って、家族説明室に向かっていた。病棟看護師の明石が、

「ご家族を一番控室にご案内しました。奥様とお子さんたちがお待ちです」

そう申し送り、病棟へ戻っていた。

桐生は一番控室ドアの前で、直立不動で気持ちが落ち着くのを待っていた。ドアを開ければ、松本家の皆が待っている。高ぶる気持ちを抑え、伝える内容を頭でまとめながら、しばらくたたずんでいた。

ノックをして、中に入った。控室には好恵と四人の子供たちが待っていた。桐生は子供たち一人ひとりの顔をゆっくりと順番に見た。その目には涙が出そうになるのをこらえながら、五人に向かってゆっくりと、深々と、そして丁寧に頭を下げた。

「桐生先生、ありがとうございました」

好恵がお礼を言うと、子供たちもそれぞれに頭を下げて礼を言った。

「皆さん、手術は無事終了しました」

夕紀子が、

「あぁ、よかった」

安心した様子で、室内の空気が少し和んだ。桐生は摘出標本を見せながら説明した。

「術前の診断通り、リンパ腫が回腸に顔を出しており、そこから出血したと思われます。これが抗癌剤で崩れかけた腫瘍です。この真ん中に血管が見えますが、これが破綻して出血したと思います」

皆が顔を覗き込み、

「やはり、腫瘍からの出血だったのですか。手術をしなければ助からなかったのですね……」

好恵が尋ねた。

「露出血管が見られるので、ここからまた出血する可能性はありましたね」

「夫は本当に命拾いしました」

昨夜から続いていた緊張から解かれ、好恵がようやく安堵した表情に変わった。

「悪性リンパ腫の抗癌剤治療の第一ステップは終了しています。今後は、同様の治療法とするか、次の治療法にするかは血液内科の先生に委ねられると思います。術後経過が良好に推移したら、とりあえず外科の関与は終了すると思います。十日から二週間後の退院を目標に、今後の術後管理を行っていきます」

今後起こりうる合併症などを含め、今後の予定を皆に説明し終わったところで、子供たちも安心したのか、兄弟姉妹同士の顔を見ながら目でうなずきあっていた。

「退院後、先生にはもう診ていただけないのですか？」

夕紀子が尋ねた。

「あぁ、えぇ。診ないわけではありませんが、血液内科が治療の中心になるので……」

「せっかく、先生に助けていただいたのに、手術だけで終わってしまうのは何か寂しいな、と思いまして」

「ありがとうございます。そう言っていただけるとうれしいのですが、それぞれに事情がありますので、今後わたしの関与できることは少ないか、と」

桐生は娘の望みを十分叶えることが出来ずに残念に思っていた。

妻と子供たちは桐生に礼を言って退室しようとしたところ、桐生が立ち上がって言った。

「どうもありがとうございました」

ゆっくりと、深々と頭を下げて見送った。皆が退室しても頭を下げたままで、目から涙がポタポタと床に落ちていた。

夕紀子だけは桐生の最後の言葉に違和感を覚え、廊下で振り向き、出てきたドアをじっと見つめていた。


術後病室へ戻って落ち着いたところで、家族が面会した。

「お疲れさまでした。無事手術が終わったようで、良かったですね」

「ありがとう。何とか生還したよ」

「桐生先生に説明してもらいましたが、やはり手術をして良かったですね。あなたの言ったとおりでした」

麻酔からの覚醒状況が良いので、好恵は子供たちの到着までの過程など色々と伝えていた。

「お父さん、二週間ほどで退院できるみたいだよ。頑張ってね」

百合も安心したのか、松本に声をかけた。

「そうだね。そのくらいで退院できればいいね。美味しいものが食べられるようになるまで、しばらくまた頑張るよ」

「ビールで退院祝いが出来ることを願っています」

直樹が続けた。秀樹は、

「桐生先生が僕達にありがとう、と言っていたよ。僕達がお世話になって、逆なのにね……」

と、松本に伝えた。

「桐生先生はそんなことを言っていたか……」

松本は答えた。

「お父さんの手術を桐生先生が執刀したいと申し出たそうよ。そのためではないのかな？」

好恵が皆に伝えたら、夕紀子は、

「それだけなのかな……」

と一言もらした。

麻酔からの覚醒が予想していたよりもはるかに良いので、このまま順調に経過することを家族は確信していた。

7

翌日は、飲水を開始し、廊下を歩いて少しずつ術後のリハビリが開始された。

開腹しているにもかかわらず、硬膜外麻酔を併用しているため、創痛を来すことなく動けている。

「思いのほか楽だね」

ラウンドに回ってきた担当看護師の明石に話していた。

「今日は天気も良いので、中庭まで行かれたらいかがですか？　決まりですから、その際はご一緒しますよ……」

「術後の患者さんに歩け歩け、と言っている手前、寝ているわけにはいかないね。この程度の痛みなら出来そうな気がするので、午後のリハビリでは頼もうかな？」

松本は硬膜外麻酔の効果に感謝しつつ、離床に心がけていた。

家族も見舞いに来て、手術翌日に歩行を開始することに驚いていた。

「数日間は寝たままか、と思ったよ」

夕紀子に言われ、

「今は、早期離床、早期退院が主流だよ。アメリカは手術後数日で退院して、近くのホテルに滞在しながら通院だからね。日本は最低でも一週間ほど入院して、しっかりと元気を取り戻してから退院できるから安心だよ」

「へえ、そうなんだ」

松本も早期退院を目指し、退院後に困らないよう少しずつ活動範囲広げるつもりであった。

「お父さんの緊急手術でどうなるかと思っていましたが、わたしは予定通り明日渡米します」

「おぉ、そうだったね。そろそろ授業が始まるんだね。お父さんのことは心配しなくても、もう大丈夫だよ。夕紀子も体に気を付けてやってね」

「はい。お父さんもお大事に」


術後第三病日には流動食が始まった。

「重湯も味噌汁もこんなにおいしいとは思わなかった」

術後絶食が続いていたので、四日ぶりの経口摂取はとても新鮮に感じた。

7

しかし、一日食べるともう飽きてしまったが、排ガスがなければ次のステップには進まない。

幸い、流動食を開始して、第四病日には排ガス、排便が見られたため、第五病日には五分粥が開始となった。

縫合不全の危険性がなくなったと判断され、第六病日には腹腔内に留置されていたドレーンも抜去された。これで体につながっていた管は全て抜去され、そろそろ退院の予定が見えてくる頃である。

桐生は毎日松本の病室を訪れて、術後の経過は比較的良好に推移していると感じていた。手術をかって出た手前、プレッシャーを感じつつ術後の経過を見守っていたが、ここまで来るとほぼ安心できる状態である。同時に、外科的関与はそろそろ終了になるので、血液内科との調整の必要性を感じていた。

「松本先生、経過は良好で、そろそろ退院できそうですね」

「桐生先生、色々とお世話になりありがとうございました。お陰様で術後経過は良好で、創痛はなく、術後腸閉塞の兆候も全くありません」

「退院後の抗癌剤治療等の治療方針に関して、佐久先生に相談しておきます」

「最大のリンパ腫を摘出してもらったが、まだ小さいのが残っているからね。二次治療が必要なのだと思います。まだ職場復帰までには時間を要すと思うので、先生にも迷惑をかけるが、よろしくお願いします」

「わたしに出来ることは、何なりとお申し付けください」

「ありがとう。これからも世話になります」

松本はベッドに座りながら、桐生に頭を下げた。


第十病日には、病棟内を歩く足取りも大分しっかりしてきて、松本自身も退院に向けて自信がついてきた。

「松本先生、今後の方針も含めご説明いたしますので、明日奥様を交えて退院へ向けての説明を行いたいのですが、よろしいでしょうか?」

「はい、お願いします。では、妻に連絡して、明日来るように伝えますよ」

「よろしくお願いいたします」

桐生は松本に伝えて、退院の準備を進めた。

翌日、好恵とともに、病棟の説明室で桐生からの病状説明を聞いた。

「術後経過は良好なので、明日退院といたしましょう。おめでとうございます」

「桐生先生、お世話になり、ありがとうございました」

松本夫妻ともども、頭を下げて礼を言った。

「提出した標本の病理組織結果は悪性リンパ腫ですが、尿管との境界はギリギリで、表面には悪性細胞の露出はありませんでした。尿管と強固に癒着していましたが、炎症性の癒着で、局所における悪性細胞の残存はないとの結果でした」

「それは良かった。局所だけでも取り切れていれば、今後の抗癌剤治療に期待が持てることになる」

「悪性リンパ腫は抗癌剤治療が基本ですから、血液内科との協議の結果、退院後早期に抗癌剤治療を再開することとなりました。退院一週後に血液内科外来を受診していただき、治療再開の日時を決めてもらってください」

「すぐに治療が開始できるなら、あなた良かったですね」

「それまでにはもう少し体力をつけておきたいね」

「桐生先生の外来はいつ伺えば良いのでしょうか?」

好恵が尋ねた。

「わたしのほうは手術創がきれいなので、受診されずともよろしいかと。松本先生はご専門ですから、わたしが診るなどおこがましい限りです」

「でも、先生に手術していただいたのですから……」

「松本先生の所属している科なので、いつでも対応できますよ」

「そうですか……」

好恵は少々腑に落ちない様子であったが、確かに夫が所属する科なので、何とかなるか、と納得した。

「では、お大事にどうぞ」

「ありがとうございました」

松本夫妻は頭を下げて礼を言って退室した。

桐生は椅子から立ち上がり、二人が出て行った扉に向かい、目には涙を浮かべ、ゆっくりと、深々と頭を下げていた。

松本の部屋は病棟の一番奥にある特別室であった。シャワー、トイレはもちろん、ＩＨの調理器具やレンジがあり、面談用のソファーも備え付けられていた。

二十一時の消灯が過ぎたため、廊下の電気は消され、松本の部屋の灯りも消えていたが、ベッド脇のライトのみ点いていた。

松本はベッドの頭側を四十五度ほどにあげて、退院前夜を静かに過ごしていた。


ドアをノックする音が聞こえた。

「はい、どうぞ」

松本が答えると、桐生が静かに入ってきた。

「こんばんは。当直看護師より、先生がお呼びだと連絡があり、参りました」

桐生は緊張した面持ちでドアの前に立っていた。

「桐生先生、お疲れのところお呼び立てしてすみません。退院前に先生とお話がしたかったので、わがままを言わせてもらいました」

「わたしは全く構いません」

「わたしはベッドで失礼しますが、先生はソファーに座ってください」

桐生は促されるまま、ソファーに座った。

部屋はベッド脇のライトしか点いていなかったが、目が暗順応しているため、桐生の表情をしっかりと見ることができた。


松本は桐生を見て尋ねた。

「先生は、長野先生の紹介でこちらに来られたと高知先生から聞きましたが、それは本当ですか？」

桐生は松本の顔を見てしばらく沈黙していたが、やがてゆっくりと答えた。

「はい、その通りです」

松本は静かにうなずき、ゆっくりと目を閉じた。

長野は、大学に在籍していた時の教授で、公私にわたり大変お世話になった先生である。しかし、五年前、膵臓癌で亡くなった。教授を定年退官後、ゆっくりと余生を楽しんでいたが、発見した時には既に手遅れで、肝臓に多発転移しており、診断から二か月、別れの挨拶もできずにあっという間に亡くなったのだ。

その教授の紹介だと言っている。一体どこで出会ったのであろうか……。

「桐生君、わたしは不思議な体験をしました」

松本は目を開けて話し出した。

「わたしは、今まで手術中に誰かに見られているという視線を何度も感じたことがあります。そんな時は、手術撮影用のカメラや術野を照らす無影灯がいつも頭の上にあるので、所詮それらであって錯覚であろうと思っていました。しかし、今回自分が手術を受けて分かったのです」

桐生は微動だにせず、松本の話を聞いていた。

「術中、患者は魂が身体から抜ける体外離脱することが出来るのだ、と。全員離脱できるのかは分からないが、少なくともできる人がいることは分かった。離脱した後、皆何ができるのか、これも分からない。わたしは手術を見ることができた。自分の腹の中が見えた。君の手術も見えた。君が尿管をきれいに温存してくれたこと、これも良く見えた。実に見事な手術であった」

「……」

ここまで話したところで、松本は一度話を止めた。目の暗順応が進み、薄暗いライトでも部屋の明るさが増してきたようにも思えた。

桐生は黙っていて、言葉を発することはなく、静かさに包まれていた。

「もう一つできることがあったんだよ」

しばらくして松本が続けた。

「それは本当の姿を見ることが出来たことだ」

桐生は動揺し、わずかに体が動いた。

「君の姿を見たときはとても驚いたよ……。ナサ……」

桐生は今まで松本を見つめながら話を聞いていたが、目を伏せておもむろにマスクを外した。

「お父さん。ご無沙汰しておりました。・・・これを見てください」

桐生は舌を出した。見覚えのある、黒い痣を松本は見た。

それは、父ごえもん譲りのナサの舌にあった黒い痣と、まったく同じ形をしていた。

「本当にナサだったんだな……。よく、戻ってきてくれた」

「お父さん……。僕だと分かってくれて嬉しかったです」

「ナサ……。俺はナサにオペをしてもらってうれしかったよ、ナサ。ありがとう」

松本は声を震わせながら言った。


桐生、いやナサが語りだした。

「両親や兄弟姉妹と別れて、初めて松本家に来た時、寂しくてとても不安でしたが、お父さん、お母さん、そして子供たちに可愛がられて、寂しさを忘れ、いつしか松本家の一員になれたと思っていました。家の中を走り回り、色々美味しい物を食べ、一番幸せであったとき……、病気になってしまいました」

松本はなんだか狐につままれた気分だった。今、自分の目の前にいるのは確かにナサが姿を変えた桐生だと頭では分かっていても、頭と心はちぐはぐに、別々のことを感じているようだった。

「治療していたとき、本当はどうだったんだ？ ……だるさ、辛さはなかったのか？」

「確かに気分は優れませんでした。でも、抗癌剤治療に通っている時も、家族皆の愛情を受けていることを強く感じていましたが、尻尾を振って喜ぶことしか伝えることができませんでした。最期の時、皆集まってくれました。最後まで、励まし、心配してくれて、でもその時は尻尾を振る力がなく、息を引き取りました」

ナサは松本から視線を外し、どこか遠くを見つめているような表情になった。

「息を引き取ると、魂が体から抜けて、しばらく皆と過ごしていました。自分の亡骸を天井から見下ろしながら、家族皆が悲しんでくれている様子を見て、火葬場での様子を見て、四十九日の日にお花を供えてくれたことを見て……、本当に幸せな生涯であったと感じました。皆にお礼が言いたくて、皆に会いたくて、僕はもっと皆と一緒に生きていたかったことを伝えたくて、そして何よりも僕が松本家に飼われていたことがとても幸せだったことを伝えたくて」

「ナサ……」

「だから僕はこうして、お父さんのもとに戻って来ました」

そう言って、ナサは再び、首をかしげてあの表情をした。両耳をちょっと持ち上げ、目を丸くして、少し顔を右に傾ける。桐生に姿を変えてもすぐに分かるほど、ナサのその表情は健在だった。

「我々残されたものは、悲しみと共に後悔ばかりだった。もっと、散歩してあげれば良かった、色々な所へ連れて行ってあげれば良かった、家の中で自由にさせてあげれば良かった、と言い出せばきりがない。特に、独りぼっちでいた時間が長かったこと、これが一番かわいそうなことをしたと思っていた。でも、家族皆、ナサを心から愛していたし、大切にしていたし、かわいがったつもりだ。ナサが家にいたことで、我々に幸せをもたらしてくれた。感謝しているよ」

「僕は全て分かったわけではなかったけど、褒められているのか、怒られているのか、散歩に行くのか、行けないのか、一緒に出掛けられるのか、留守番していなければならないのか、お父さんお母さんが仕事に出掛けるのか、子供たちが学校に行くのか、食べるのか、寝るのか、みんな分かっていました。何といっても、皆に愛されていたことが本当に良く分かっていました。だから僕も皆が好きでした」

松本の目には涙が浮かんできた。

「その言葉を聞いて、長年後悔していたことが、少し救われた気がする。何となく、ナサのしぐさで気持ちは分かったが、細かいところは分からなかったから、犬の幸せ、って何だったのか、ナサは幸せだったのか、結局わからないままにナサを失ってしまった気が、ずっとしていたんだよ」

松本の目から涙が流れた。

「今回、自分が病気になって初めて感じたよ。死に直面する危機に遭遇すると、人は誰でも恐怖に晒される。そのとき、周りに助けてくれる人がいればいるほど救われるんだな。お父さんは医者として人を救うことに一生懸命尽力してきたつもりであったが、患者を精神的に本当に救えたんだろうか、と思えるようになった。ナサが悪性リンパ腫になったとき、ただ治療を継続することだけを考えていて、本当にナサの立場に立って精神的な安らぎを与えられるよう見守っていたか、自信が無くなっていたんだよ」

「僕にとって悪性リンパ腫になったことが最も悲しいことでした。健康で元気に過ごせること、これが一番幸せなことだと思います。しかし、病気になっても、家族の皆に愛され、大事にされた事は、とても嬉しかったです。病気を忘れることもできました。しかも、僕は家族に見守られて、幸せな最期を迎えたと思っています。だから、そんなに後悔なんてせずにいてください。優しい、良い家族であったと自信を持ってください。僕は、十分すぎるほどに幸せでした」

ナサの言葉に、硬くなっていた松本の心は次第に緩んでいった。

「命あるものは必ず死を迎える……。わたしは、医者として色々な死を見てきた。大家族に見守られた幸せな死、誰にも看取られない孤独な死、なんの前触れもない突然の死など様々な最期がある。ナサが悪性リンパ腫になって、徐々に体力が落ちてくる過程を見ていたら、もうすぐ別れの時期が訪れるだろうと、我々も覚悟することができた。そして、ナサの最期を看取ることが出来たことも、残された家族にとっては良かったことだと私は思った。ある意味、最高の別れができたのかも知れない、と。……でも、残された家族はナサの死を思い出すたびに辛い思いをするんだ。ナサは八年でこの世を去ったから、家族の誰よりも短い一生だった。楽しい思い出よりも、かわいそうだと言う気持ちのほうが強くて、悲しみから解放されずにいるんだよ」

「そんな……短い一生であっても、僕にとっては充実したものでした。それに、犬の世界から生まれ、人の世界に入って、犬には経験できないこともたくさんありました。車に乗りました。山奥のキャンプ場に連れて行ってもらいました。海にも行きました。ホテルにも泊まりました。生まれた犬小屋では予想もつかなかった色々な世界を経験することができました。この経験は成長するうえで、大きな糧になったと思っています。もっと長生き出来たら、その経験を色々と活かせたことと思いますが、僕の場合そこまでにはたどり着きませんでした。でも、色々なことを経験すること、これも幸せだったことの一つだと思っています」

松本は思いもかけず、ナサが幸せであったと聞き、涙が止まらなかった。

ナサは、親兄弟から離されて孤独であったにも関わらず、やりたいことが制限され、自由が束縛されていた環境であっても、悪性リンパ腫で辛い治療が続いても、家族とともに生活できたことに幸せを感じてくれていた。

この言葉によって、松本は今までの悲しみや後悔からようやく解放された気がした。

「お父さんは、もう犬を飼わないのですか?」

ナサが尋ねた。

「ナサを失ってから、次の犬を飼おうとは思わなかった。また、悲しい思いをしたくないからね。でも、ナサに再会して、幸せだったと教えてもらったら、また犬と一緒に生活したくもなってきたよ」

「是非、そうしてください。松本家の家族は温かい人たちばかりです。きっと次の犬も喜びますよ」

「ナサはもう一度我が家に戻って来てくれないのか?」

「そうしたいのは山々なのですが……。もうすぐ、また天へ帰らなければなりません」

「もう一度ナサとして家族に会ってはもらえないのか?」

「はい、残念ながらもう会えません。先日手術の説明の時、子供たちに会いました。皆昔のままで嬉しかった。あの時、僕はもう皆にお別れをしました。そして、先ほどお母さんにも。思いがけず、こうしてお父さんとお話して、今までの思いを伝えることができたので、もう思い残すことはありません」

「思い残すことはない……。前世の姿が分かってしまったからなのか?」

「いえ、違います。もう、僕の役目が終わったからです」

「えっ、役目?」

「僕は死ぬ前に、お父さんの体の異変に気付いていました。僕と同じ病気の臭いがお父さんからも感じられたので、お父さんも悪性リンパ腫の始まりだと思いました。でも、お父さんに伝えたくても方法がわからず、伝えられないまま最期を迎えてしまいました」

「そんな前からナサは分かっていたのか……」

「はい。僕らは言葉が限られているため、嗅覚は大事なコミュニケーション手段です。健康なのか、病気なのか、死期が近づいているのか、臭いでそのようなことまで判断していますす。だから、僕も死期が近づいていることを分かっていましたし、お父さんも放置すると命に関わると思っていました」

「お父さんは自分が悪性リンパ腫だとは全く気付かなかった。ナサの時もそうだったが、しこりを触れてようやく分かったくらいだからね」

「はい。だから何とかしてお父さんに病気のことを伝えたい、お父さんを助けたい、と思い、天の世界でいろいろな人に相談していたところ、長野先生に出会うことができました」

「そうだったのか。ありがとう、ナサ」

「長野先生は、お父さんはまだ、この世界に来るには早すぎる。お父さんを助けることが僕の役目だ、と言って、人体の解剖や手術の基本を一から教えてくださって、僕をこの世に送ってくれました」

「長野先生が、わたしをまだ気にかけてくださっているのか。ありがたいことだ。お会いしたら、くれぐれもお礼を伝えてください」

「はい、わかりました」

「ナサのおかげでお父さんは健康を取り戻すことが出来たのだね。自分は健康だ、と過信してはいけない、と改めて気付いたよ。こうして、皆に支えられて、心身ともに健康でいられるのだからね。ナサからもらった健康をこれからも大切にするよ」

ナサは笑顔でうなずいた。


どこからともなく白い光が降り注ぎ、桐生の姿が光に包まれてきた。

「お父さん、長い間本当にありがとうございました。僕はもっと皆と一緒に生きていたかったけど、もうこれで本当にお別れです。僕の使えなかった命をお父さんに託します。どうぞ、家族の皆さんと共に、末永くお幸せに、そしてお元気に長生きしてください」

光はきらきらとあたりを照らしながら、やがて桐生の体から光が放たれると、桐生の姿がナサに変わっていった。

松本はベッドから起き上がり、ナサを強く抱きしめた。

「ナサ……。ありがとう……」

松本はナサとの思い出を走馬灯のように思い出しながら、しかし、別れなければならない無常さを感じていた。

松本は悲しく、

「さようなら……」

ナサに最後の言葉を伝えた。

ナサは松本にすり寄ってクンクン喉を鳴らして甘え、尻尾を振って最後の感謝を全身で伝えた。

「ワン、ワン」

ナサは二回吠えた。

「だめだ、行くな、ナサ……。ナサ!」

松本はナサを離すまいとしっかり抱きしめていたが、それもむなしく、光とともにナサはゆっくりと天へ昇って行った。光は何にも遮られることなく、天まで一直線に伸びていた。

松本はいつまでも涙が止まらず、ただただ天井を見つめていた。

翌朝、病室から外を眺めると、清々しい晴天に恵まれていた。

通勤、通学の人々が歩道を足早に歩く姿がみられる。その中には、尻尾を振りながら歩くゴールデンレトリバーを連れて散歩する人もいた。

松本にとっては皆それぞれに輝いて見え、活力に満ちた日常に再び戻ることが出来る喜びをかみしめていた。


退院して久しぶりに医局に寄った。高知の元へ退院の挨拶に行った。

「先生、おはようございます。お陰様で、無事退院できました」

「退院、おめでとう。経過が良好で良かったよ」

「はい、ありがとうございます。一番懸念していた大きなリンパ腫を摘出していただいたので、出血の心配がなくなりました。今後は二次治療になると思いますが、少しずつ職場復帰を目指したいと思っています」

「無理せずにやってください。ところで、桐生先生だが、急に退職したいと退職願を置いて行ったよ。まあ、松本の代役としてであったから、復帰の目途が立てば何とかなるかな」

「はい。お任せください。色々とご迷惑をおかけいたしますが、よろしくお願いいたします」

「じゃあ、お大事に」

高知の部屋を後にすると、外科の同僚とも少し話したのち、自分の机に置かれている郵便物等を確認しながら、整理していた。

うっすらと埃をかぶった郵便物に紛れて、先日まで見つからなかった五十三番の札が、ひっそりときれいなままで置かれてあった。

松本は札をじっと見つめ、ゆっくりと握りしめ、そして鞄に仕舞い家路を急いだ。

いちょうの木には立派な緑の葉が生い茂っていた。

あとがき

先ずはこの小説を手に取っていただき、誠にありがとうございました。今回、初めての執筆であり、不慣れな事ばかりでしたが、多くの方からご援助をいただき完成させることが出来ました。改めて皆様にお礼申し上げます。

私は外科医として30年携わってきました。手術を含めた医療現場では、どのようなことに着目しながら行われているのか、読者の皆様に少しでも医療の実際を伝えたいと思い、手術・治療現場の描写を取り入れました。

今や病院をはじめとする自宅外の施設で亡くなる方がほとんどの世の中です。また、核家族化が進み、身内や親戚、知人の死に接する機会が少なくなっています。我が家の子供たちも例外ではありませんでした。

そんな折、愛犬ハリーが悪性リンパ腫で亡くなりました。8歳でした。その死に接し、家族はとても悲しんでいました。子供たちは曾祖母の死に接したことがありましたが、毎日一緒に生活し家族同様に暮らしていた動物の死は初めての経験でした。

私は仕事柄様々な死の場面を経験してきました。生あるものは必ず死を迎えますが、死には、家族に見守られた幸せな死、孤独な寂しい死、思いもよらぬ不幸な死や突然の死、と様々であり、ハリーの死は幸せな死であったと感じていました。だからこそ、そのことを子供たちに伝えたくて、ハリーだったらこんなことを思っていたはずだよ、と伝えたくて、小説を書くことを考えました。

人間の勝手や都合で動物虐待がなされている悲しい報道に接する機会が多くなってきました。家族同様に過ごした心の通った動物は、飼い主に感謝の気持ちなど様々な感情を持っていると思います。また、飼い主を裏切ることなく、心から信頼しているのではないでしょうか。そんなペットを最後まで責任を持って世話をしなければならないと強く思っていますし、それが出来たならペットは幸せであったのではないでしょうか。

読まれた方の中には、私たちと同じように愛するペットを亡くし、悲しみを経験された方がおられるかも知れません。この本を読んで、少しでも悲しみを和らげることが出来れば幸いです。

小倉輝友

愛犬　ハリー：2012.1.24. – 2020.4.29.

5月の幻影

2021年4月29日　初版第1刷発行

著　者　小倉輝友
発行者　谷村勇輔
発行所　ブイツーソリューション
〒466-0848 名古屋市昭和区長戸町4-40
TEL：052-799-7391 / FAX：052-799-7984
発売元　星雲社（共同出版社・流通責任出版社）
〒112-0005 東京都文京区水道1-3-30
TEL：03-3868-3275 / FAX：03-3868-6588
印刷所　富士リプロ

万一、落丁乱丁のある場合は送料当社負担でお取替えいたします。
ブイツーソリューション宛にお送りください。

ISBN978-4-434-28906-4